지구인은
205마크입니다

지구인은
205마크입니다

조은오 장편소설

사□계절

차례

0.	프롤로그	7
1.	지구인 분류소	10
2.	재이	19
3.	폐차장	30
4.	지하	38
5.	재영테크	50
6.	가니메데 복지원	65
7.	가니메데 기숙학교	76
8.	해왕성 수송선	88
9.	안나	93
10.	임서인	103
11.	동쪽 대장	115
12.	목성인	121
13.	페니키아	133
14.	침공일	145
15.	거절	155
16.	해왕성	162
17.	호프	171
18.	폭로	175
19.	페니키아	184
20.	에필로그	199

작가의 말　205

0. 프롤로그

    환경 오염과 이상 기후로 인해 지구는 점점 망가져 갔다. 강대국을 중심으로 한 연합 정부는 새로운 거주지를 찾기 위해 우주 연구에 몰두했다. 그 중심에서 밀려난 반도국은 자체적으로 우주선을 만들기 시작했다. 놀랍게도 소외된 이 작은 나라의 이름 없는 과학자가 인류를 구할 결과물을 탄생시켰다. 그것이 첫 번째 왕복선 '페니키아호'다.

    본격적으로 연합 정부의 지원과 간섭을 받으며 초대형 왕복선 페니키아가 만들어졌다. 오천여 명의 부유한 지구인과 기술자들, 그리고 페니키아 박사가 그 우주선에 올랐다. 새 문명을 건설하기 위해 지구에 남은 자원을 긁어모아 실은 채였다. 그러나 인류의 희망으로 불린 페니키아는 목성인들과 교류에 성공하고 지구까지의 경로를 공유했다는 소식을 마지막으로 전한 뒤 기기 이상으로 폭발했다.

새로운 터전에 도착하기도 전에 폭사할지도 모른다는 두려움이 지구를 휩쓸었다. 우주로 향하던 정복 욕구는 서로를 향했고, 자원을 사이에 둔 전쟁이 지구를 뒤덮었다.

그럴 때쯤 목성으로부터 우주선이 도착했다. 목성인에게는 척박한 환경을 개발할 노동력이 필요했고, 지구인은 새로운 터전이 필요했다. 목성에 도착한 지구인이 중력 조절 장치가 삽입된 하얀 팔찌를 착용하면 목성 주민으로 인정한다는 협약서가 체결되었다.

수많은 사람들이 목성으로 가는 우주선에 올랐다. 물론 모두가 탈 수 있는 건 아니었다. 보호자가 없는 어린이, 왕복선 탑승비를 낼 수 없는 빈곤층은 뒤로 밀려났다. 버려진 사람들은 지구에서 버티는 수밖에 없었다.

그런데 목성으로 떠난 이들로부터 소식이 끊기기 시작했다. 하얀 팔찌가 사실은 족쇄라는 소문이 돌았다. 우주선을 타려고 길게 늘어섰던 줄이 뚝 끊겼다. 연합 정부는 목성 정부에 해명을 요구했지만 이렇다 할 대답을 듣지 못했다.

두 행성 간 교류가 단절되고 얼마 후, 목성은 지구로 경비정을 보냈다. 목성 정부의 상징이 새겨진 경비정의 주황색 문에서는 소식이 끊겼던 지구인들 대신 사냥꾼들이 쏟아져 나왔다.

1. 지구인 분류소

 분류소의 낡은 종이 세차게 울렸다. 안나는 대번에 얼굴을 구겼다. 벌컥 열린 낡은 문이 걱정되었다. 사실은 문이 아니라, 문이 고장 나면 어떻게든 고쳐야 할 안나 자신이 걱정이었다. 문을 열고 들어온 사냥꾼이 덩달아 눈썹을 일그러뜨렸다.
 "뭐냐?"
 "문 부서지면 물어낼 거예요?"
 "겁이 없네. 왜 지구인이 혼자 있지? 네 주인은 어디 갔어?"
 "내 주인은 없고 건물 주인은 있는데, 밥 먹으러 가셨어요."

사냥꾼은 어이없다는 듯 웃음을 와락 터뜨렸다.

"여기서 일하는 거냐?"

"문제라도 있어요?"

"소문으로만 들었거든. 네가 그 유명한 분류소 지구인이야?"

안나는 대답하는 대신 등록 서류를 들이밀었다.

"쓰세요."

사냥꾼은 종이의 모서리를 구기며 펜을 쥐었다.

"내가 쟤들 이름도 알아야 해?"

"모르면 그냥 비워 두세요. 이따가 물어봐서 쓸게요."

사냥꾼이 반대쪽 손을 거칠게 당겼다. 묵직한 쇠사슬에 생선처럼 엮인 지구인들이 딸려 왔다. 그들은 숨을 죽이고 안나와 사냥꾼을 번갈아 보았다.

"세 명 다 팔 거예요?"

"그래야지."

사냥꾼이 서류를 다 작성하자 안나는 금고에서 동전 꾸러미를 끄집어냈다. 사냥꾼이 휘둥그레 뜬 눈으로 번쩍이는 금화들을 응시했다.

'초짜네.'

안나는 금화 여섯 개, 은화 한 개, 동화 다섯 개를 꺼냈다. 그중 금화들만 사냥꾼에게 건네고, 나머지는 카운터에 놓인 투명한 보관함에 넣었다. 사냥꾼은 보관함을 탐욕스럽게 쳐다보았다.

"남은 건 뭐야?"

"세 명이 모두 정상으로 분류되면 증명서가 나가요. 그 증명서 들고 오면 나머지 15마크도 드려요."

"뭐? 분류 과정에서 죽어 버리기라도 하면 어떡해?"

안나는 동전으로 가득한 보관함을 가리켰다. 분류 과정에서 지구인이 죽거나 달아나는 바람에 지급하지 못한 보증금들이었다.

"죽으면 못 드리죠. 정부 규정인데, 안내문 한 장 드릴까요?"

안내문을 받아 든 사냥꾼이 떨떠름한 표정으로 분류소를 나섰다. 사슬에 묶인 채 바닥에 주저앉았던 세 지구인이 노골적으로 안심하는 표정을 지었다. 안나가 도와줄 거라고 기대하는 모양이다. 그들은 비틀거리면서 카운터 앞에 늘어섰다. 마침 잘됐다. 줄을 서라고 말하기도 귀찮던 참이었다.

안나는 첫 번째 지구인에게 문서 한 장을 내밀었다.

"골라요."

지구인이 기다렸다는 듯 안나의 손을 꽉 쥐었다.

"도와주세요. 납치당했어요."

"도와주긴 뭘 도와줘요. 내가 여기 직원인데."

안나는 지구인의 손을 털어 냈다.

"몇 살이에요?"

"열다섯이요."

"요즘 성인은 바로 해왕성 개발 사업에 투입되고, 미성년 지구인은 분류소로 와요. 분류소는 미성년 지구인이 앞으로 목성에 기여할 방법을 제공합니다."

자, 봐요. 안나가 펜으로 문서를 짚자 펜 끝에 달린 목성 모형 스프링이 달랑거렸다. 첫 번째 지구인의 황망한 시선이 책상으로 뚝 떨어졌다.

"첫 번째는 가니메데 기숙학교. 가니메데는 목성의 위성인데, 목성인 노동자 계급과 대부분의 지구인들이 살아요. 가니메데 기숙학교로 가면 목성인 애들이랑 같이 기숙사 생활을 하면서 목성 취업에 필요한 교육을 받죠."

"이건요?"

첫 번째의 하얀 손가락이 두 번째 선택지를 가리켰다. 정신을 차려 보려고 애쓰는 표정이었다.

"지구에서 상급 학교까지 나왔다면 도심의 목성인 기업에서 일할 기회를 주죠."

첫 번째가 진절머리가 난다는 듯이 몸을 부르르 떨었다. 안나는 마지막 선택지인 가니메데 복지원을 손으로 짚었다.

"마지막은 가니메데 복지원. 여기로 가면 지구인들끼리만 살 수 있지만, 바로 노동에 투입되니까 대부분은 단순 노동을 해요. 목성 노동자들과 같이 통근 셔틀을 타고 목성으로 출퇴근을 하는데……."

"복지원으로 갈래요."

첫 번째가 단박에 대답하더니 흐느끼기 시작했다. 안나는 다시 묻지 않고 다음 사람으로 넘어갔다.

"그쪽은 어디가 좋아요?"

두 번째 지구인은 소리를 버럭 질렀다.

"이건 인신매매잖아요! 어떻게 이럴 수가 있어요? 같은 사람들끼리!"

"종족이 다르니까 엄밀히 말하면 같은 사람은 아닐걸요."

"당신도 지구인 아니에요? 어떻게……."

"같은 지구인을 팔 수 있냐고?"

두 번째가 입을 벌린 채 굳었다. 안나는 담담하게 말을 이었다.

"지구에서는 인신매매 안 해요? 열 내 봤자 피차 좋을 일

없는데, 곱게 고르고 가요."

두 번째는 참담한 얼굴로 기숙학교를 선택했다.

"아까 내가 얼마라고 했죠?"

넋이 나간 두 번째가 물었다. 안나는 수백 번도 더 반복했던 말을 기계처럼 읊었다.

"지구인은 205마크입니다."

두 번째 지구인도 눈물을 쏟기 시작했다. 안나는 마지막 지구인에게로 고개를 돌렸다. 그는 조금 독특했다. 차림새가 멀끔하고 상처도 없었다. 게다가 안나를 뚫어져라 쳐다보고 있었다.

"뭐 질문 있어요?"

세 번째가 막 입을 여는 순간, 분류소 문이 벌컥 열렸다.

"소장님 오셨다!"

발랄한 목소리로 외치며 등장한 분류소 소장이 안나에게 다가왔다.

"일은 어때?"

"지루해요."

"아이고, 안타깝네."

안나는 소장이 들고 온 봉투를 건네받았다. 안나의 저녁 식사를 포장해 온 모양이었다. 소장은 흔치 않게도 지구인

직원의 복지에 각별한 목성인이었다.

"다시 왔네? 탈출했어?"

소장이 세 번째 지구인에게 물었다. 그는 당황한 듯이 고개를 꾸벅 숙였다.

"전에 왔던 사람이에요?"

안나가 시큰둥하게 봉지를 헤치며 중얼거렸다. 소장은 기가 차다는 듯이 물었다.

"기억 좀 해라. 어떻게 이런 애를 잊어버려?"

안나는 세 번째를 자세히 뜯어보았다. 곧은 눈빛이 깊은 인상을 남겼다. 안나는 딱 잘라서 대답했다.

"처음 보는 앤데요. 예전에 소장님이 혼자 분류해 놓고 저랑 같이 했다고 착각하신 거 아니에요?"

세 번째가 별안간 목을 가다듬었다. 소장과 안나의 시선이 그에게 모였다.

"실례합니다. 제 이름은 안재이라고 하는데요. 여기는 사람 안 뽑나요?"

소장이 웃음을 터트렸다. 안나는 한숨을 내쉬었다. 직장 동료가 생길 일은 없겠다고 생각했는데, 소장의 괴상한 직원 취향에 딱 들어맞는 사람이 나타나고 말았다.

역시나 소장이 씩 웃었다. 안나는 불만스레 눈동자를 굴리며 물었다.

"고용하시려고요?"

"난 자기 입으로 일 시켜 달라는 애는 무조건 고용해. 너도 그랬잖아?"

소장은 태연하게 서 있는 재이에게 계약서를 내밀었다.

"자, 여기다가 서명해. 오늘 안으로 등록하고, 내일은 새 팔찌를 신청해 줄게."

"저기요!"

소장의 말을 듣다 말고 재이가 안나를 불렀다. 식사거리를 챙겨 든 채 돌아서던 안나가 멈추어 섰다.

"나 정말 기억 안 나요?"

기대에 찬 눈이었다. 안나는 재이의 얼굴을 다시 한번 살폈다.

"네."

안나는 짧게 대답하고 2층 직원용 숙소로 향했다. 숙소라고 해 봐야 책상과 침대가 전부인 작은 방들이 늘어서 있을 뿐이다. 안나는 복도 끝에 있는 방을 썼다. 다른 방들은 주인이 없었다, 지금까지는.

이웃한 방에서 누군가 부지런히 움직이는 소리가 들렸다. 안나는 얼굴을 구겼다. 뜬금없이 합류한 동료가 달갑지 않았다. 안나는 망설이다가 손잡이의 자물쇠를 잠갔다. 찰칵, 하는 소리에 옆방의 움직임이 멈추었다가, 이내 이어졌다.

2. 재이

새 직원, 재이는 안나와 동갑이었다. 아직 분류소 일을 가르치지도 않았는데, 안나와 소장을 부지런히 쫓아다니며 손을 보탰다. 새벽에는 분류소 앞 골목을 쓸었고, 지금은 시키지도 않은 청소를 하고 있었다.

"재이 말이야, 도심에서 도망쳤겠지?"

소장이 소파에 기대앉은 채로 물었다. 안나는 비슷한 자세를 하고 되물었다.

"왜요?"

"도심에서 일하는 애들은 보통 성실하거든. 거기서는 일을 찾아서 하지 않으면 지구인으로 살기가 힘들어서."

"아하."

안나는 눈을 반쯤 감은 채로 몽롱하게 대답했다. 푹신한 소파에 머리를 묻고 있으려니 노곤했다. 소장은 안나와 재이를 번갈아 보더니 고개를 설레설레 저었다.

"본받아 봐. 저렇게 열심히 일하는 직원이 있으니까 너무 좋네."

"농담이죠?"

"큭큭, 당연하지. 내가 항상 말하잖아. 같은 월급이면 덜 일하고, 같은 노동이면 많은 월급."

"네, 네."

안나도 막 취직했을 때는 사람 팔아넘기는 일이 노동이냐고 쏘아붙였던 것 같은데, 이제는 별로 기분이 나쁘지 않았다. 좋은 일이었다. 분류소가 안나를 바꿔 놓았다.

"재이는 언제부터 카운터에 앉힐 거야?"

"당분간은 제가 하려고요. 적응하기에도 바빠 보여서요."

"바쁜 애치고는 청소를 너무 많이 하던데. 배려해 주는 거야?"

안나도 가장 바쁜 카운터 일을 맡기고는 싶었다. 하지만 안나는 재이가 지구인의 가격을 처음 들었을 때 지은 표정을 기억하고 있었다. 재이에게는 아직 시간이 필요했다.

"난 본청에 다녀올게. 설렁설렁 일하고 있어."

소장이 서류 몇 묶음을 챙겨 분류소를 나섰다. 안나는 깨끗한 창문을 다시 닦는 재이를 불러서 카운터 뒤에 앉혔다. 그리고 물었다.

"목성 정부가 왜 분류소를 운영하는지 알아?"

"처음에는 지구인들이 자발적으로 이주를 왔어. 지구는 망가졌고, 목성은 노동력이 필요했으니까. 하지만 목성에 지구인이 많아질수록 처우가 나빠졌고, 그 뒤론 이주를 안 와. 그래서……."

재이는 잠시 말을 멈췄다. 안나가 빤히 바라보자 재이가 시선을 내리면서 말을 이었다.

"이제는 사냥꾼들이 지구인을 납치해 오면 정부에서 사들여. 목성에는 여전히 돈을 적게 받고 일할 노동자가 필요하거든. 해왕성 도시 개발도 진행 중이니까. 어른들은 저항하지 못하도록 바로 해왕성으로 보내고, 아이들은 곳곳에 보내서 새로 가르친 다음 이용하려고 분류소를 운영하는 거야."

안나는 안심했다. 재이는 적어도 자기 상황을 제대로 알고 있었다.

"맞아. 목성에 잡혀 온 미성년자들은 신원 등록을 해. 그러면 하얀 팔찌를 착용할 수 있어. 목성 정부가 사들인 순간, 이건 납치가 아니라 이주가 되는 거야. 하얀 팔찌가 그 증거고."

안나는 두 사람의 손목에 걸린 팔찌를 가리켰다. 가운데에 하얗게 빛나는 구슬이 박혀 있었다. 지구인의 신체를 목성의 중력에서 살아남게 해 주는 중력 조절 장치다.

"목성의 재산이 되는 대신 거주를 허락받은 셈이지."

학교로 가든, 기업에 취직하든, 복지원에 가든 미성년 지구인은 철저히 관리된다. 이 분류소는 지구인이 목성 정부의 눈을 피할 수 있는 유일한 공간인 셈이다. 재이가 그 사실을 노리고 왔다면? 안나는 긴장을 늦추지 않기로 했다. 그리고 두 번째 질문을 던졌다.

"이 상황에서 우리한테 제일 중요한 태도는 뭘까?"

"지구인들이 포기하지 않고 삶을 꾸리게 해 주는 거?"

안나는 고개를 젓고 답을 알려 주었다.

"지침대로 하는 거야. 문제가 생기면 무조건 지구인 책임이야. 여기서는 불공평한지 부당한지 스스로 생각하지 마. 목성은 우릴 고용했지만, 보호해 주진 않아."

재이가 얼굴을 구겼다.

"표정도 조심해. 목성인한테 시비 걸려서 해왕성 편도 티

켓 끊고 싶어?"

"너는 어떤데?"

"내가 뭘?"

"어제 나를 팔러 온 사냥꾼한테 정색했잖아. 멋있었어."

안나의 얼굴이 확 붉어졌다. 방금 목성인 앞에서 표정 관리를 하라고 잔소리해 놓고, 정작 모범을 보이지 못한 꼴이었다.

"하도 성질을 긁길래 열받아서 실수한 거지. 원래는 그러면 안 돼."

재이가 순순히 고개를 끄덕였다. 안나는 재이의 얼굴에 스쳐 지나간 망설임을 보았다. 불꽃처럼 짧게 타올랐다가 사라진 반항심도.

'얘는 대체 왜 분류소에 왔을까?'

그때 딸랑, 하는 소리가 울렸다.

"실례합니다."

안나는 재이를 밀어 카운터 뒤 문서실로 들여보냈다.

"네, 지구인 팔러 오셨나요?"

주황색 천에 목성 로고가 새겨진 정복이 눈에 들어왔다. 안나는 뻣뻣하게 굳었다. 등록 요원 세 명이 안나를 바라보고 있었다.

2. 재이

"이렇게 생긴 지구인을 찾고 있습니다."

가운데에 선 사람이 사진을 보여 주었다. 눈매가 깊은 아이의 사진이었다. 정면을 쏘아보는 눈빛이 적개심으로 가득했다. 재이였다.

"최근에 근처에서 목격되었습니다. 이 지구인을 본 적 있습니까?"

등록 요원들은 미등록 지구인들을 찾아내서 팔찌를 채우는 일을 했다. 여럿이 한 사건에 동원되는 일은 드물었다. 목성에서 제법 오래 산 안나도 이런 경우는 딱 한 번 보았다.

'지구인 현상 수배범이 도망쳤을 때.'

안나는 검지에 엄지손톱을 세게 박아 넣었다. 찌릿한 아픔이 표정을 얼려 주었다.

"아뇨. 처음 보는 사람입니다."

안나가 짧게 대답했다. 등록 요원은 기대도 하지 않았다는 듯이 긴 숨을 내쉬었다.

"도와드리지 못해서 죄송합니다. 저는 분류소에서 잘 나가지 않아서요."

"아닙니다. 수고하세요."

안나는 요원들을 문밖까지 배웅했다. 괜히 빗자루를 들고 정문 앞을 쓸면서 어디로 향하는지 확인했다. 이 주변은 다

돌아보았는지, 셋은 이내 경비정을 타고 멀어졌다.

안나는 분류소로 돌아오자마자 문서실 문을 벌컥 열었다. 재이가 하얗게 질린 얼굴로 얼어붙어 있었다.

"네 방으로 가. 절대 내려오지 마."

재이는 고개를 여러 번 끄덕이더니 후다닥 사라졌다.

초조함 속에서 시간은 부지런히 흘렀다. 마침내 숙소로 돌아갈 때쯤엔 온몸이 식은땀으로 흠뻑 젖어 있었다. 옆방의 문을 두드리자 재이가 긴장한 얼굴로 나타났다. 안나는 그를 밀치며 방으로 들어섰다.

"왜 너한테 등록 요원이 붙었지?"

"가출했어."

재이가 시선을 피하면서 대답했다. 도주가 아니라 가출. 안나는 사연을 캐묻지 않기로 했다. 많이 알게 되면 더 위험할 수도 있다. 최대한 엮이지 않고, 돌려보내는 게 나았다.

"앞으로 어떻게 할 거야? 계속 여기에 숨어 있을 거야?"

"적어도 수색이 멈출 때까지 기다리면 안 돼?"

"돌아가. 여러 사람 위험하게 하지 말고."

재이가 자기 손을 내려다보다가 안나에게 물었다.

"이럴 거면 왜 날 도와줬어?"

"네가 아니라, 들키면 곤란해질 소장을 도운 거야. 다 뒤집어쓸 나를 구한 거고. 문제 생기면 지구인이 잡혀간다는 말 잊었어? 너, 도심에서 왔지? 여길 거쳐 갔다는 건 한번 등록되었다는 거고. 달아난 지구인 찾는 데에 등록 요원이 셋이나 붙었다는 건 꽤 중요한 재산이란 뜻이지."

재이가 눈을 동그랗게 떴다.

"범죄자치고 등록 요원들 태도가 너무 부드러워. 쫓는 게 아니라 찾는 거야. 그러니까 넌 돌아가고 싶으면 진작 돌아갔겠지. 숨을 거면 더 멀리 갈 수도 있었을 거고. 그런데 굳이 사냥꾼한테 잡혀서 여기로 왔어."

"맞아. 여기에 와야만 했어."

"나는 이제 남의 일에 엮이기 싫거든. 난 모르는 일이니까, 소장님이랑 네가 알아서 해결해."

안나가 돌아서려 하자 재이가 엉뚱한 말로 붙잡았다.

"넌 남의 일에 관심 없지 않아."

"무슨 소리야?"

"넌 남을 모른 척하지 않아. 이번에도 나를 도와준 거야."

의외의 말에 안나는 미간을 구겼다.

"내가 '이번에도' 널 도왔다고?"

재이가 방문을 막아서며 눈을 마주쳤다.

"처음 분류소에 왔을 때, 네가 나한테 물어봤어. 어디를 선택할 거냐고. 내가 지구에서 월반해 고등학교를 졸업했다고 하니까, 도심으로 가라고 했어. 거기서 취업하면 잘 살 수 있다고."

"그게 도와준 거야?"

"그날 난 제정신이 아니었어. 처음에는 네가 무슨 말을 하는지 못 알아들을 정도로 얼빠진 지구인 한 명쯤이야, 아무 데로나 보내 버려도 됐을 텐데 너는 같은 질문을 수십 번 반복해 줬어. 내가 대답할 때까지, 밤이 새도록."

작은 방 안에 침묵이 흘렀다.

"그때도 너한테 물어봤어. 나를 도와준 이유가 뭐냐고. 넌 황당한 표정으로 이유 같은 거 없다고 했는데, 난 그때 깨달은 거야. 우리는 남을 도울 수 있구나, 아무 이유도 없이."

안나는 맥이 빠져 문가에 놓인 의자에 털썩 앉았다. 제 손으로 지옥에 밀어 넣은 아이들이 자신을 기억할지 궁금했고, 기억하지 못하기를 바랐는데. 재이는 그걸 도움이라고 했다. 마음이 편치 않았다. 안나는 한숨을 내쉬었다.

"정말 학교를 졸업했어?"

"진짜 졸업했어. 비교적 안전한 곳에 살았거든."

안나는 오랜만에 다른 사람의 과거가 궁금해졌다.

"어디서 살았는데?"

"반도국. 동쪽 방위군 영역."

"동쪽? 큰 학교 있는 마을?"

"맞아. 너도 알아?"

재이가 눈을 반짝였다.

"대충."

안나가 살던 마을과 바로 이웃한 곳이다. 괜히 애틋해지는 생각을 다잡으면서 허리를 세웠다.

"쉬어. 최대한 빨리 돌아가고."

안나는 대화를 뚝 끊고 벌떡 일어났다. 재이는 수상한 사람이다. 소장이 마음을 바꾸기라도 하면, 등록 요원이 또 찾아온다면 다시는 못 만날 거다. 더 알아서 좋을 게 없다.

안나는 도망치듯이 자기 방으로 돌아왔다. 열린 창문 앞에 앉아서 목성의 밤을 내다보았다. 고요한 밤공기가 방을 구름처럼 메웠다.

"잠은 다 갔네."

안나는 한숨을 쉬면서 중얼거렸다. 창문을 닫으려는데 희미한 소리가 들렸다. 하루에도 수십 번씩 듣는 종소리였다. 안나는 눈을 가늘게 뜨고 아래를 살펴보았다. 재이가 살금살금 분류소에서 나가고 있었다.

'신고라도 당하면 어떻게 하려고 나가지?'

안나는 멀어지는 재이를 초조하게 지켜보았다. 체포된 수배범은 미성년자라 해도 해왕성 개발 사업에 투입된다. 많은 지구인들은 그곳에서 땅을 파고 건물을 짓다가 쓰러져서 일어나지 못했다.

게다가 재이가 큰길 모퉁이를 돌기도 전에 골목에서 흘러나온 한 무리의 그림자가 그 뒤를 밟기 시작했다. 등록 요원들이 틀림없다. 수배 중인 재이가 목적지가 뚜렷한 듯 걷고 있으니 일단 따라가 상황을 파악해 보려는 걸까.

안나는 한숨을 푹 내쉬었다. 찬찬히 들여다볼수록 마음이 분명해졌다. 역시 재이가 잡혀가도록 내버려두고 싶지는 않았다. 안나는 결국 구겨 신은 신발 뒤축에 손가락을 걸었다.

'시도만 하는 거야. 데리고 적당히 도망만 치는 거다.'

안나는 황급히 계단을 내려와서 카운터를 지나쳤다. 부서져라 울리는 낡은 종소리가 빠르게 멀어졌다.

3. 폐차장

'대체 어디를 가는 거야?'

커다란 건물들도 불이 꺼진 시간이었다. 안나는 숨을 몰아쉬면서 재이의 뒷모습을 노려보았다. 재이가 뛰다가 걷기를 반복하는 바람에 따라가는 사람들이 모두 헉헉대고 있었다. 재이의 뒤를 밟는 등록 요원들과 등록 요원들의 뒤를 밟는 안나. 안나는 본인의 뒤에 따라붙는 사람이 없는지 끊임없이 확인했다.

재이는 공장 지구 안쪽의 폐기 구역으로 향했다. 폐기 구역은 원래 목성의 공장 노동자들이 살던 주택가였다. 지구인들이 그 일을 대신하게 되자, 목성인들은 하나둘 도심으로 이주했다.

 버려진 곳에는 버려진 것들이 모이기 마련이다. 도심을 거쳐 흘러온 쓰레기들, 공장 폐기물들, 고장 난 우주선들……. 급기야 정부는 주택가를 밀어 버리고 폐기 구역을 만들었다. 목성에서 쓰임을 다한 모든 것이 이곳에서 최종 폐기된다.

 몇 발짝 앞에서 등록 요원들이 멈춰 섰다. 머리 위쪽을 흘끗거리며 저희들끼리 뭐라고 속닥였다. CCTV 위치를 확인하는 게 틀림없었다. 방범용이지만, 이곳에서 큰 소동이 일어나면 증거 자료로 사용할 수도 있다. 얼굴이 찍히면 곤란했다. 안나는 유니폼의 셔츠 깃을 올리고, 겉옷의 후드를 덮어 썼다.

 다시 앞을 보았을 때, 거리는 썰렁했다. 잠시 한눈판 사이에 등록 요원들이 사라졌다. 안나는 머리를 굴렸다. 그들보다 먼저 재이를 찾아내야 한다. 만약 자신이었다면 입구 쪽에 숨었다가 사냥꾼들이 골목에 들어서자마자 달아났을 것이다. 하지만 재이는 쫓기는 것조차 모르고 있다. 한밤중에 모두의 눈을 피해 외진 곳으로 숨어든다면…….

 '가장 어두운 곳으로 갔을 거야.'

 안나는 발소리를 죽이고 빠르게 이동했다. 폐기 구역에서도 가장 안쪽, 폐차장 울타리를 짚고 숨을 골랐다. 파란 페인트가 벗겨진 공무용 우주선들이 묘비처럼 안나를 지켜보았다. 그중 희미한 새벽빛에 반짝이는 경비정 한 대를 주시했다. 뽀얀 먼지 위에 손자국이 찍혀 있었다.

'재이가 방금 여기에 있었어.'

이따금 바람이 불어서 울타리가 덜컹이는 움직임을 제외하면 인기척은 느껴지지 않았다.

안나는 살금살금 폐차장을 뒤지기 시작했다. 폐차장 끝에 페니키아가 있었다. 목성에 불시착한 지구 왕복선. 지구인들의 희망을 담아 하얀색으로 만들어진 왕복선은 폐기물이 된 채로도 은은히 빛나고 있었다. 목소리를 들은 것은 페니키아를 향해 걸음을 떼기 직전이었다.

"어땠어? 우리를 도와줄 만한 사람이야?"

안나는 목소리가 들리자마자 허리를 납작 숙였다. 재이가 또래의 아이와 이야기를 나누고 있었다. 당장이라도 다가가고 싶지만 등록 요원들이 어디에서 보고 있을지 몰랐다. 안나는 조심스럽게 상황을 지켜보았다.

"도와줄 수도 있을 것 같아. 해산이 너는 본사로 돌아가. 나는 당분간 여기서 지내다가 타이밍을 봐서 부탁해 볼게."

"목성에 등록 요원들이 깔린 건 알지? 조심해."

해산은 갈색 눈이 동그랗고 체격이 작았다. 안나는 이제 재이에게 해산이라는 동업자가 있다는 걸 알게 되었다.

부스럭.

뒤에서 아주 작은 기척이 느껴졌다. 안나는 달려드는 등록 요원을 피해 몸을 돌리면서, 그의 허리춤의 수갑을 붙잡았다. 수갑을 힘껏 잡아당기자 등록 요원이 중심을 잃고 넘어졌다. 쓰러진 그를 향해 안나가 주먹을 휘둘렀다. 맞았다. 등록 요원은 맥없이 정신을 잃었다.

'아, 젠장.'

안나는 뒤늦게 손을 들어서 얼굴을 가렸다. CCTV에 찍혔을 것이다. 분명히 재이만 데리고 도망가려고 했는데. 왜 일이 이렇게 꼬였지?

안나는 뒤를 돌아보았다. 재이와 해산이 서 있던 자리는 이제 비어 있었다. 숨 돌릴 틈도 없이 여럿이 다가오는 소리가 들렸다. 동료 등록 요원들이 분명했다.

'무기가 있으면 좋겠는데.'

안나는 기절한 등록 요원의 허리춤에서 휴대용 칼을 찾아 들고, 정면의 왕복선 안으로 달려갔다. 열린 문을 통과해 재빠르게 선내를 달렸다. 조종실에 들어가서 몸을 숨겼지만 곧 발자국 소리가 들렸다.

큰 우주선에는 환풍구나 수도관이 지나는 빈 공간이 있기 마련이다. 역시 천장에 작은 문이 붙어 있었다. 안나는 조종간을 밟고 올라서서 간신히 문을 열었다. 사람이 들어앉을 수 있을 법한 높이와 너비의 공간이 나타났다. 그곳에 재이가 있었다.

재이가 망설임 없이 손을 내밀었다. 두 사람은 팔찌의 희미한 빛에 의지해서 한참을 기었다. 앞서가던 재이가 통로 천장에 나타난 희미하게 밝은 테두리를 조심스럽게 들어 올렸다. 묵직한 카펫이 함께 들렸다.

"여기로 들어가자. 더는 못 기겠어."

안나는 고개를 끄덕였다. 무릎이 시리고 욱신거렸다.

통로의 밖은 커다란 창문과 책꽂이가 있는 고급스러운 방이었다. 일종의 연구실로 보였다. 안나는 우선 문부터 잠그고 방 안을 살폈다. 벽에 거대한 액자가 걸려 있었다. 안나는 지구에서 이 사진을 본 적이 있었다. 새카만 머리카락을 목덜미를 덮도록 기르고 정장을 입은 지구인.

"페니키아."

안나가 속삭였다. 그가 지은 왕복선의 이름을 따서, 모두가 그를 페니키아라고 불렀다. 페니키아를 만들기 전까지는 이렇다 할 성과가 없어서, 그의 본명을 아무도 몰랐다.

안나와 재이가 얼떨결에 탑승한 이 왕복선은 페니키아의 복원품이 분명했다. 목성인들이 추모의 의미로 페니키아를 복원하고 전시하다가, 지구인들의 기분을 살필 필요가 사라지자마자 폐기했다.

아직 안심하기는 일렀다. 창문 밖에서 등록 요원들의 손전등 빛이 보였다. 도망칠 수 있을까? 등록 요원은 무려 여섯 명이었다. 그들이 어느 곳에 있을지 몰랐다. 한 명에게라도 들킨다면 재이는 가출한 곳으로 돌려보내지고, 안나는 등록 요원을 공격했으니 체포될 테였다.

안나가 재이를 향해서 물었다.

"네 친구는?"

"벌써 도망갔을 거야."

"그래. 잘됐네."

안나는 침착하게 상황을 파악했다. 분류소를 떠나는 것은 정해진 일이었다. 등록 요원을 공격하는 모습이 CCTV에 찍혔을 테니까. 적어도 해왕성으로 가고 싶지는 않았다. 얼음으로 둘러싸인 해왕성 노역장을 떠올리자 안나는 등골이 오싹해졌다.

우선 이곳을 벗어나서 도망치거나 숨어야 했다. 안나의 머리가 팽팽 돌아가는 소리를 들었는지 재이가 간절한 눈빛으로 침묵을 지켰다.

안나는 마침내 최선의 수를 떠올렸다.

"방법이 있어."

"정말?"

반색하는 재이에게 안나는 팔찌를 가리켰다. 하얗게 빛나는 구슬 옆에, 사각형의 촘촘한 격자무늬에 불규칙하게 검은색이 칠해진 바코드가 있었다. 등록 요원이 스캔하면 등록된 지구인인지 확인할 수 있었다. 대중 교통이나 공공 기관을 이용할 때도 스캔해야 했다. 지구인 전용 신분증이었다.

"바코드를 잘라 낼 거야. 그러면 우리가 도망치다가 발각되더라도 우선 분류소로 데려가겠지. 소장이 시간을 끌어 주는 사이에 빠져나갈 수 있을 거야."

"절대 안 돼!"

재이가 버럭 소리쳤다. 안나는 생각보다 격렬한 반대에 깜짝 놀랐다. 재이는 흥분해서 이유를 늘어놓기 시작했다.

"팔찌가 얼마나 복잡한 구조인데! 잘못 건드려서 하얀빛이 꺼져 버리면 미등록이라고 광고하는 거고, 중력 조절 장치가 손상되면 끝장이야. 애초에 팔찌에 칼을 대는 것 자체가 위험하다고."

"넌 팔찌를 완전히 끊고도 괜찮았잖아. 분류소에 들어올

때 네 손목은 비어 있었어."

"내가 끊은 게 아니야. 안전하게 중력이 조절되는 우주선 안에서, 팔찌를 수십 번은 끊어 본 사냥꾼이 한 거란 말이야."

재이가 떨리는 목소리로 말했다.

"더 좋은 생각 있어?"

안나는 칼자루를 꽉 잡고 단호하게 말했다. 등록 요원들의 손전등 불빛과 팔찌를 번갈아 보던 재이가 결국 고개를 저었다.

안나는 팔찌에 날을 대었다. 바코드 앞에 칼을 대고 조심스레 밀어냈다. 투둑, 투둑, 하고 소름끼치는 소리가 났다. 땀이 흘러서 속눈썹에 걸렸다. 안나는 숨을 깊게 내쉬며 힘을 주었다.

4. 지하

 안나와 재이는 등록 요원들이 헤매는 틈을 타서 도망쳤다. 바코드가 없는 팔찌를 소매로 가리고 종아리가 당기도록 빨리 걸었다. CCTV를 돌려 보면 등록 요원들은 재이의 얼굴을 찾겠지. 안나까지 확인하는 데 얼마나 걸릴까? 무슨 죄목이 붙을까?
 '공무 집행 방해? 등록 요원 폭행?'
 안나는 뒤늦게 맹렬히 후회하는 중이었다. 재이를 따라오지 말걸. 이제 꼼짝없이 분류소 직원으로서의 삶을 버려야 했다. 하지만 후회해도 늦었다. 안나는 재이를 잡아끌어 조용한 골목에 세웠다.

"넌 빨리 어디로든 가. 등록 요원들은 분명히 분류소로 다시 올 거야."

그리고 재빨리 걸음을 돌리는데, 재이가 안나의 손을 탁 붙잡았다.

"넌 어디로 가려고?"

안나는 그 손을 떼어 내며 말했다.

"돈 숨겨 둔 거 있지? 통근 셔틀 운전자한테 은화 몇 개만 찔러 주면 도심까지는 태워다 줄 거야. 철없는 짓 그만하고 있던 데로 돌아가. 나랑 소장님까지 위험하게 만들지 말고."

"어디에 있을 건지 말해 줘. 내가 데리러 돌아올 테니까."

"필요 없어."

"빨리!"

재이가 돌연 목소리를 높였다. 어느새 날이 밝아 오고, 거리에 드문드문 사람들이 오갔다. 지금 시선을 끄는 것은 좋지 않았다. 안나는 이를 악물고 대답했다.

"당분간 외곽에 숨어야지. 난 갈 데도 없다고."

"좋아. 두 시간 후에 폐차장으로 와. 내가 데리러 올게."

재이는 대답도 듣지 않고 어둠 속으로 달려갔다. 안나는 그 모습을 잠시 바라보았다. 돌아오든 돌아오지 않든 상관없었다. 가능하면 다시는 보고 싶지 않았다.

'소장한테 뭐라고 말해야 좋지?'

안나는 복잡한 심정으로 분류소에 들어갔다. 소장은 안나의 손목을 보자마자 문을 잠갔다.

"빨리 어디로든 가. 곧 등록 요원들이 들이닥칠 거야. 도망친 지구인을 잡으려면 일단 여기부터 와야 하니까."

안나는 2층으로 뛰어 올라가 옷장을 열었다. 허무하게도 마땅히 챙길 것이 없었다. 지구에서부터 가져온 까만 모자를 눌러썼다. 다시 1층으로 내려오자 소장이 금화 묶음을 꺼내 내밀었다.

"들고 가. 돈이 있으면 뭐라도 방법이 생길 거야."

소장은 빤히 바라보기만 하는 안나의 손에 금화를 쥐여 주었다.

"내가 등록 요원들한테 뭐라고 말해 주면 돼?"

"모른다고 해 줘요. 여기로는 안 돌아왔다고 해요."

소장이 안나를 와락 끌어안았다. 안나 역시 눈물을 참으면서 소장을 끌어안았다. 소장은 안나가 목성에서 알고 지낸 유일한 사람이었다. 안나가 팔리는 입장으로 이 책상 건너편에 앉아 있었을 때 안나를 분류하려던 사람도, 목성 정부의 허가를 얻어 안나를 고용해 준 사람도 소장이었다. 분류소 앞까지 배웅하려는 소장을 안나가 거절했다. 어디서 누가 보고 있을지 모른다. 안나는 뒤를 돌아보지 않고 외곽을 향해 걷기 시작했다.

목성 외곽은 버려진 지구와 닮은 구석이 있었다. 사람들의 눈빛이 비슷했다. 야생동물들처럼 안광만 번쩍이는 지구인들이 안나를 응시했다. 살벌한 분위기였지만 당장 숨을 수 있는 곳은 여기뿐이었다.

안나는 가장 허름한 집에 가서 문을 두드렸다. 똑도독, 똑똑. 안나 또래의 아이가 경계하는 눈빛으로 나왔다.

"너, 누구야? 암호를 어떻게 알아?"

잔뜩 긴장한 목소리였다.

"전달받았어. 너희랑 똑같은 사람에게."

아이는 부스스한 황토색 머리를 헤집으며 한참 눈을 굴리더니 고개를 끄덕였다. 침실인 듯한 방으로 들어가자 마룻바닥에 이음새가 끊긴 네모난 문이 있었다. 아이가 방금 거기서 나왔는지 바닥과 문 사이에 작은 판자가 끼여 있었다.

"들어가."

안나는 멈칫했지만 멈추지는 않았다. 깡마른 아이 하나 정도라면 밀치고 도망칠 수 있을 테니까. 안나가 판자를 밟자, 문이 덜컹이며 위로 열렸다. 아이가 별안간 목을 홱 돌려

바깥을 쳐다보았다.

"왜?"

아이는 대답하지 않고 안나를 확 밀었다. 이길 수 있을 줄 알았는데 오산이었다. 안나는 아직 자기 또래라면 '어리다' 고 생각했다. 자신이 나이를 먹는다는 걸 모르기라도 하는 것처럼 말이다. 어리게만 보였던 아이는 놀라울 만큼 힘이 셌다. 그에 떠밀려 내려가니 지하실 계단 끝에 달린 다른 문이 보였다.

"거기로 들어가. 빨리!"

급박한 말투에 휩쓸려 문을 벌컥 열었다. 밖에서 여러 사람의 발소리가 들렸다. 어느새 따라 들어온 아이가 안나의 손을 덥석 잡았다. 안나는 앞장선 등을 따라 걸었다.

'어디로 가는 통로지?'

걸으면 걸을수록 외곽의 오물 냄새가 옅어졌다. 그렇게 한참 걷고 나서야 아이가 멈췄다. 이제 오물 냄새는 완전히 사라지고 향긋한 흙냄새와 더운 숨의 온기만 코를 파고들었다. 안나는 돌아서서 숨을 몰아쉬는 아이의 얼굴을 그제야 제대로 보았다.

"누가 온다는 말은 못 들었는데."

아이가 눈을 가늘게 뜨며 안나를 살폈다.

"너, 분류소 직원이지?"

안나의 코앞에 새파란 눈동자가 달라붙었다. 안나의 눈썹 아래에 자리한 작은 점을 보면서 아이가 말했다.

"눈이랑 눈썹 사이에 점이 있던 게 기억나."

"맞아. 이 통로는 네가 판 거야?"

안나는 일부러 태연한 척 말을 돌렸다. 아이는 넘어가 주겠다는 듯이 대답했다.

"다 같이 팠어. 오랫동안."

지구에서 틈날 때마다 만든 지하 방공호 덕분에 이 땅굴도 쉽게 뚫었을 것이다. 안나만 해도 당장 삽자루를 쥐면 익숙하게 손바닥에 달라붙을 것이다. 지구에서 험한 유년기를 보낸 아이들은 두더지가 앞발을 움직이는 것처럼 본능적으로 어디를 파야 하는지 알았다.

"어디로 가는데?"

"어디든 가지."

두 사람은 마침내 통로의 끝에 도착했다. 아이가 문에 대고 경쾌한 리듬으로 노크를 했다. 똑도독, 똑똑. 문 건너편에서 철컥 자물쇠 푸는 소리가 났다.

아이가 경쾌하게 문을 열어젖혔다. 푸른빛이 안나의 눈동자를 뒤덮었다. 오랫동안 어두운 통로를 걷느라 긴장이 풀렸던 눈이 파랗게 시렸다. 그리고 눈에 들어온 곳은 커다란 동굴이었다. 무너지지 않는 것이 이상할 정도로 넓은 공터가 목성 지하에 있었다. 한복판에는 연못이 보였다.

'지하에 이렇게 큰 공간이 있었다니.'

안나는 공터의 광활함에 기겁하면서 연못을 향해 걸었다. 자세히 보니 천장에 설치된 밸브를 열면 물이 벽을 타고 흘러내려서 바닥에 고이도록 되어 있었다.

안나는 자신이 어디에 와 있는지 깨달았다.

"여기는 호수 밑 지하 도시구나."

"맞아."

아이가 고개를 끄덕여 주었다.

목성인들이 지상으로 떠난 이후로는 지구인들이 지하 도시에 살았다. 지구인들이 외곽 지역과 가니메데로 분리되기 시작한 후로는 아무도 지하 도시에 살지 않았다. 목성인들은 어두운 과거를 묻어 버리듯 그 위에 거대한 인공 호수를 만들었다. 그런데 외곽의 지구인들이 비밀리에 통로를 만들었다니.

지구인 아이들이 곳곳에서 머리를 내밀었다. 버려진 지하 도시. 목성에서 태어난 지구인 아이들을 숨겨 키우기에 최적의 장소였다. 지하 도시는 임시 숙소처럼 낡고 엉성했지만 곳곳에 생활감이 묻어 있었다. 아이들은 빛을 못 보아서 창백했다. 아이들이 호기심 어린 눈으로 안나를 바라보았다. 대부분 안나의 또래였다. 안나를 안내했던 아이가 뒤늦게 인사했다.

"나는 아와디. 여긴 우리 아지트야."

"언제부터 여기에 살았어?"

"이렇게 많아진 건 얼마 안 됐어. 요즘 목성에 팔려 가기 전에 분류소를 도망치는 아이들이 늘었거든. 대부분 대기 시간에 기회를 노려서 탈출했어."

안나는 뜨끔해서 표정을 숨겼다. 소장이 혼자 일할 때는 갈 곳을 고르게 하는 면접 절차가 없었다. 지구인들이 갈 곳은 소장이 임의로 정했다. 마음을 정할 대기 시간도, 운송 셔틀을 기다리다 도망갈 틈도 없었다. 지구인에게 선택권을 주자고 소장을 설득한 건 바로 안나였다.

"여기 숨은 지 오래됐어? 여기서 어떻게 살아?"

"여기서 태어난 애들이 대부분이고, 도망쳐 온 애들도 있지. 난 얼마 안 됐어."

아와디가 뒤를 가리켰다. 멀지 않은 곳에 커다란 창고가 있었다.

"식량도 약품도 충분해. 외곽의 어른들이 가져다주기도

하고 후원품도 있거든."

아와디가 말을 멈추고 뜸을 들였다. 안나는 이어지는 정적에 바짝 긴장한 채로 아와디를 쳐다보았다.

"너도 후원자지?"

안나는 자기도 모르게 숨을 참았다. 아와디가 눈을 가늘게 뜨면서 말을 이었다.

"우리를 도와줄 만한 사람은 몇 명 없으니까. 몇 년째 밤마다 외곽 지역에 물건을 두고 갔지? 아니야?"

뭐라고 대답해야 할까.

'죄책감이나 덜어 보려고 그랬는데.'

팔려 가는 지구인들을 보면서 견딜 수 없어지는 날이 가끔 있었다. 그런 날이면 여윳돈을 죄다 그러모아서 약품이나 식료품을 샀다. 그걸 외곽에 던져두고 마음이 조금이라도 가벼워지면 간신히 잠이 왔다. 안나는 머뭇거렸지만, 긴 침묵은 대답이나 마찬가지였다.

아와디가 먼지 묻은 손을 내밀었다. 안나는 어색하게 아와디의 손을 맞잡았다.

"우리는 네 덕분에 지금까지 살아남은 거야. 한 번쯤은 고맙다고 말하고 싶었어."

"고마워할 필요 없어."

안나는 씁쓸하게 대답했다. 안나가 지구 아이들에게 선택권을 주었다고는 하지만 결국 선택한 이들은 저마다 다른 곳에서 다른 방식으로 착취당할 뿐이다. 달아나게 눈감아 준 아이들은 땅속에 숨어들어야 했다. 안나는 단숨에 마음이 납덩이처럼 무거워지는 것을 느꼈다.

"이제 어디로 갈 거야?"

아와디의 물음에 안나는 고개를 떨어뜨렸다. 판단이 어려웠다.

"여기에서 지낼래?"

그럴 수는 없었다. 운이 나쁘다면 등록 요원들 중 누구든 지금쯤 안나의 과거를 알아냈을지 모른다. 그러면 무서운 일이 벌어지리라는 예감이 들었다. 지하 도시의 아이들까지 위험해질 것이다. 그때 안나의 머릿속에 유일한 대안이 떠올랐다.

'재이와 함께 도망치는 것.'

몇 시간 전까지는 터무니없다고 생각했지만 이 방법뿐이다. 재이는 누군가의 지원을 받고 있었다. 도심에서 왔다면 힘 있는 사람이 재이의 뒤에 있을 것이다.

"데리러 오겠다고 한 사람이 있어. 한번 믿어 볼까 싶은데."

"뭐? 그럼 당장 가야지!"

"사실, 믿어도 될지 모르겠어."

"당연히 믿어야지. 널 데리러 오겠다고 했다며?"

"안 오겠지. 누가 남 때문에 목숨을 걸겠어. 무슨 이득이 있다고."

"너는 우리를 도왔잖아. 우리가 너한테 도움이 되길 바라고 도와줬어?"

아와디가 정색을 하더니 팔짱을 꼈다.

"우리는 아직 서로를 돕고 있을 거야. 그게 당연한 일이니까."

"넌 정말 그렇게 생각해?"

"당연하지."

안나는 숨을 길게 내쉬었다.

"좋아. 난 폐차장으로 갈 거야. ……숨겨 주겠다고 말해 줘서 고마워."

"나중에라도 도움이 필요하면 문을 두드려. 아까 내가 어떻게 두드렸는지 기억하지? 너한텐 특별히 비상구도 알려 줄게."

아와디가 머리 위를 가리켰다. 안나는 반신반의하며 그곳을 바라보았다. 그 모습에 아와디가 웃음을 터뜨렸다.

안나는 지하 도시의 아이들과 작별 인사를 나누었다. 방금 만난 사이인데도 모두가 진심으로 행운을 빌어 주었다. 안나는 마음 한구석이 따뜻해지는 느낌에 당황해서 걸음을 서둘렀다.

아와디는 안나를 이끌고 땅 밑을 한참이나 걸었다. 곧 재이와 약속한 시간이었다. 두 사람은 폐차장 한복판에 놓인 맨홀 아래에서 대기했다. 목성의 탁한 하늘이 보였다.

약속한 시간에서 15분이 지나도록 재이는 나타나지 않았다. 안나는 불안에 떨면서 손을 쥐었다 폈다 했다. 이제 안나는 재이가 오지 않으리라고 확신했다.

"돌아가자."

안나가 나직하게 말했다. 아와디가 시선을 발치로 떨어뜨렸다. 두 사람이 막 돌아서려는 찰나, 머리 위로 요란한 엔진음이 다가왔다. 아와디가 맨홀을 벌컥 열고 나섰다. 두 사람은 땅에서 머리만 겨우 내밀고 믿기지 않는 광경을 바라보았다.

늘씬한 우주선이 목성의 하늘을 뚫고 폐차장에 내려앉았다. 주피터 550. 목성에서 가장 튼튼하고 값비싼 재료로 만든 초고가의 우주선이었다. 입을 딱 벌린 안나를 향해서 조종석에 앉은 재이가 손을 흔들었다.

5. 재영테크

 재이는 능숙하게 우주선을 몰았다. 안나의 눈에도 조작이 어려워 보이지는 않았다. 지구에서 안나가 주로 탔던 사륜 오토바이, 쿼드 바이크와 비슷했다. 폐기 구역에서 도심까지는 걸으면 일곱 시간, 통근용 셔틀로는 15분이 걸린다. 하지만 은색 조명으로 번쩍이는 목성 도심에 도착할 때까지 10분도 걸리지 않은 느낌이었다. 그때까지 재이는 아무 말도 하지 않았다. 안나가 결국 참지 못하고 물었다.

 "어떻게 된 건지 설명 안 해 줄 거야?"

 "아직은."

 재이는 짧게 대답하고 다시 정면에 시선을 고정했다. 목성은 전체적으로 주황색이다. 도심과 외곽의 중간 지점에 파란 호수가 있고, 도심 중앙에는 호수와 이어지는 회백색 강이 있다.

도심으로 들어서니 고층 건물이 빽빽했다. 주피터 550은 그중 한 건물의 옥상에 내려앉았다.

'재영테크.'

안나는 회사 이름을 읽자마자 눈을 의심했다. 지구인용 팔찌를 만들어 목성 정부에 납품하는 대기업이었다. 자신을 지구인 감시의 핵심이나 마찬가지인 곳으로 데려온 재이에게 따져 물을 새도 없이, 안나는 승강장에서 기다리는 사람을 발견했다. 저번에 재이와 폐차장에서 만났던 아이가 재영테크의 사원복을 입고 있었다.

"해산아!"

우주선에서 내린 재이가 아이를 꼭 끌어안았다. 안나는 해산이라 불린 얼굴을 뜯어보았다. 폐차장 이전에도 봤던 얼굴 같았다. 분류소에 있으면서 안나가 일 년에 보는 십 대들만 몇 명인데, 기억에 남을 정도라면 인상적인 일이 있었던가. 속눈썹이 길고 날렵한 해산의 눈매가 조금 익숙했다.

"안 죽고 돌아왔네."

해산이 재이를 노려보았다. 재이는 멋쩍은 듯이 뒷머리를 쓰다듬었다. 해산이 안나에게 손을 내밀었다.

"안녕, 나는 재이의 직장 동료야. 강해산이라고 해."

"만나서 반가워."

해산과 재이는 안나를 어느 방으로 안내했다. 책과 설계도로 가득한 책상과 이름을 알 수 없는 기계들, 편안해 보이는 침대.

"오랜만에 출근한 소감이 어때? 네 연구실은 그동안 내가 청소했으니까 다음에 갚아."

해산이 재이에게 건넨 말에 안나는 눈썹을 구겼다. 재이는 재영테크에서 일하고 있다. 그것도 지구인으로서는 상상하기 어려운 대접을 받으면서.

"지구인 팔찌가 제대로 작동하는지 알아보러 분류소에 온 거야? 우리를 잘 옭아매고 있는지 확인하려고?"

그 말을 들은 재이와 해산이 동시에 놀란 얼굴로 안나를 바라보았다.

"아니, 널 구하려고 우리가 얼마나……."

억울해하는 해산의 앞을 재이가 막아섰다.

"절대 아니야. 내가 처음부터 설명할게."

재이는 다른 지구인 미성년자들과 마찬가지로 목성에 팔려 왔다. 재영테크에 오게 된 것은 운이 좋았다. 재영테크는 지구인을 착취하는 기술을 개발하는 기업인 동시에, 지구인에 대해 가장 잘 아는 기업이기도 했다. 학교에서 기계 다루는 법을 배운 재이는 금세 기술팀으로 옮겨졌고, 곧 지구인 팔찌의 핵심 기술을 개발하게 되었다. 재이는 그 기회를 놓치지 않고 계획을 세웠다.

"내 계획을 실행하려면 분류소에 가 봐야 하는데 회사에서 멀리 떨어지지 못하게 하더라고."

재이가 활짝 웃었다.

"그래서 납치당했지."

해산이 두통이 인다는 듯이 고개를 저었다. 영문을 모르는 안나에게 재이가 설명해 주었다. 아무리 대기업의 특혜를 받는 지구인이라고 해도, 보호자 없이 목성 도심을 돌아다니는 지구인은 사냥꾼들의 표적이 된다. 재이는 일부러 납치되어 분류소로 향했다는 것이다.

"그런데 재영테크에서 널 다시 받아 줬다는 거야?"

의심을 거두지 않는 안나를 보며 해산은 한숨을 쉬었다.

"받아 줬다 뿐이겠어? 정부에 들키지 않고 탈출시키려고 나한테 주피터 550의 열쇠 심부름까지 시켰다고!"

"회사를 너무 좋게 봐 줄 필요 없어. 그냥 자기들이 기른 고급 인력이 아까웠을 뿐이니까. 게다가 지구인한테 고급

기술을 가르쳤다는 걸 정부에 들키면 곤란하겠지."

모든 것이 재이의 계획이라는 걸 까맣게 모른 채, 재영테크는 재이를 되찾아 왔다.

"대체 네 계획이 뭔데?"

안나가 묻자 재이는 뜬금없이 손으로 바닥을 훑기 시작했다. 그리고 작은 홈을 찾아냈다.

"이게 내 계획이야."

재이가 그곳을 손가락으로 꾹 누르자 삐, 소리가 나더니 천장이 번쩍이기 시작했다. 이내 광선으로 이루어진 화학식이 나타났다. 안나는 설명을 요구하는 표정으로 재이를 빤히 쳐다보았다.

"재영테크는 지구인 전용 팔찌를 만들어. 팔찌에 뭐가 들어 있는지 알지?"

"중력 조절 장치."

"정부에서 직접 만드는 목성인 전용 팔찌에는?"

"뉴스킨."

그 동그란 구슬 모양의 신체 변형 장치는 목성인들이 태어날 때부터 죽을 때까지 차고 있는 팔찌 속에 들어 있다.

목성의 폭풍을 피해 지하에 살던 목성인들은 지구에서 온 노동자들을 지상으로 올려 보내 거대한 돔을 짓게 했다. 수

많은 지구인이 죽어 갔지만 상관없었다. 목성으로 오려는 지구인이 많았기 때문이다.

그렇게 완성된 도시에는 바람이 불지 않았다. 그러나 한 가지 문제가 있었다. 폭풍이 사라지자 목성인이 숨 쉬기가 어려워진 것이다. 공교롭게도 폭풍이 걷힌 목성의 대기는 지구인의 호흡은 방해하지 않았다.

목성인들은 다시 지하로 돌아가기를 원하지 않았다. 대신 뉴스킨을 넣은 팔찌를 나누어 가졌다. 뉴스킨은 마치 가면처럼 얼굴에 덧씌워져 호흡기를 보호했다. 거의 지구인과 유사하게.

"그럼 내가 목성인으로 변장하고 싶으면, 나한텐 뭐가 필요하지?"

재이가 물었다.

"주황색 팔찌."

안나는 대답하자마자 깨달았다. 뉴스킨을 착용한 목성인과 지구인의 생김새는 비슷했다. 팔찌가 주황색이기만 하면 지구인은 누구든 목성인 행세를 할 수 있었다. 재이가 고개를 끄덕였다.

"난 팔찌의 제조 기술을 알아. 겉보기엔 목성인 팔찌와 똑같은 가짜를 만들어서 지구인들에게 나눠 줄 거야."

"그런 다음엔? 목성인인 척하면서 다른 지구인을 짓밟고 살라고?"

"감시를 피할 수 있잖아. 어디든 갈 수 있을 거야. 지구에 돌아갈 수도 있어."

지구로 돌아간다. 떠나온 뒤에는 한 번도 생각하지 않은 선택지였다. 안나는 가까스로 목소리를 내어 물었다.

"가짜는 어떻게 나눠 줄 건데?"

재이는 대답하는 대신 장난스럽게 웃었다.

"설마, 그걸 나눠 주려고 분류소로 온 거야?"

"겸사겸사, 너도 만나고."

기가 막힌 생각이었다. 가짜 팔찌를 나눠 주기에는 분류소만 한 곳이 없었다. 이제 막 납치된 지구 미성년들이 거기 모였다가 목성 곳곳으로 가게 되니까. 재이는 그래서 안나를 찾아온 거였다.

"그리고 하나 더."

재이가 품에서 작은 병을 꺼내 보였다. 찰랑이는 액체가 가득 들어 있었다.

"목성인 팔찌와 똑같은 색을 낼 방법을 찾았어. 이게 마지막 재료야. 목성 호수의 물."

재이는 팔찌를 만들 방법을 알아냈다. 유통할 수 있는 방법도. 남은 것은 도와줄 사람뿐이다. 그리고 그게 안나라고 믿고 있었다.

"그래서 나를 찾아왔구나. 하지만 이제 불가능하겠네? 난 분류소로 돌아갈 수 없으니까."

안나는 일부러 가볍게 말했다. 하지만 재이는 주눅 들지 않았다.

"사실 다른 방법도 생각해 뒀어."

재이가 천장의 수식을 지우며 말을 이었다.

"지구 방위군한테 도움을 청하는 거야. 내가 잡혀 올 때만 해도 있었거든. 방위군이라면 등록 요원들의 눈을 피해서 팔찌를 배포할 방법을 알고 있을 거야."

재이가 눈을 반짝였다.

안나는 무심코 하려던 말을 꿀꺽 삼켜 버렸다. 어른들이 먼저 잡혀가고, 지구에 남은 방위군은 대부분 어린애들이었다. 지금쯤이면 모두 잡혀가 와해되지 않았을까. 하지만 재이는 단단히 믿는 표정이었다. 그 얼굴에 남은 희망을 꺼뜨리는 것이 어쩐지 망설여졌다.

"어때? 나랑 같이 방위군을 찾으러 가지 않을래?"

재이가 제안했다. 그때 요란한 경고음이 울리기 시작했다. 안나는 반사적으로 벽을 향해 뒷걸음질을 쳤다.

"이게 무슨 소리야?"

안나가 물었다. 재이보다 해산의 반응이 빨랐다.

"너희는 도망쳐."

방문을 열고 계단 쪽으로 향하는 해산을 안나가 뒤따랐다. 반대편으로 뛰려던 재이가 당황한 얼굴로 안나를 따라 움직였다. 안나는 재이를 돌아보며 손가락 하나를 입에 가져다 댔다. 둘은 숨을 죽이고 복도 앞쪽을 훔쳐보았다. 커다란 사무실 앞을 막아선 경호원들과 해산이 등록 요원들과 대치하고 있었다.

"현상 수배범 신고가 들어왔다니까요. 막으면 공무 집행 방해입니다."

등록 요원이 을러대자 해산이 버럭 외쳤다.

"여긴 사유지입니다. 더구나 정부 기밀 시설이고요. 수색 동의를 받기 전에는 못 들어와요."

"그러니까 협조를 구하는 거 아닙니까."

"기술이 유출되기라도 하면 책임질 겁니까? 지구인 수용에 문제가 생기면요?"

해산이 단호하게 말했다. 등록 요원들은 난처한지 서로 눈치만 보았다. 안나는 안도의 한숨을 내쉬었다. 그때였다.

"실례합니다."

친절한 목소리가 끼어들었다.

"목성 정부에서 일하는 임서인이라고 합니다."

반으로 가른 앞머리에 곱슬머리를 반쯤 묶은 부드러운 인상의 목성인, 임서인이 부드러운 표정으로 해산을 내려다보고 말했다. 안나는 초조하게 머리를 굴렸다.

'왜 목성의 지도자가 직접 현상 수배범 체포에 나선 거지?'

"실례인 건 알지만 잠시 들어갈 수 있을까요? 시민의 안전을 위해서 중요한 일입니다."

경호원들이 웅성거렸다. 해산만 꿋꿋하게 목소리를 냈다.

"사장님 허락 없이는 안 됩니다. 지금은 출장 중······."

임서인은 해산에게 대답하지 않았다. 애초부터 허락을 구할 생각이 없었던 것이다. 임서인이 한 발 물러서자 등록 요원들이 해산과 경호원들을 밀고 들어가기 시작했다. 이제는 누구도 안나와 재이를 지켜 줄 수 없었다.

안나는 입술을 깨물면서 주머니에 손을 넣었다. 목성 외곽의 뒷골목에서 구한 불법 개조된 뉴스킨이었다. 호흡기가 아니라 머리카락, 눈동자의 색, 이목구비의 모양을 바꿀 수 있다. 마치 패션 아이템처럼 목성인들 사이에서도 유행이라고 했다. 일회용인 데다가 지속 시간도 짧았지만 비상 상황에서는 이만한 장비가 없었다. 안나는 여윳돈이 생기면 뉴스킨을 사들이곤 했다.

'정작 필요한 상황에서는 하나뿐이라니.'

안나는 뉴스킨을 누가 써야 할지 머리를 재빨리 굴렸다.

'누굴 찾으러 온 거지?'

폐차장에 무단 침입하고 등록 요원을 피해 도망친 재이를 찾아왔을 수도 있다. 하지만 안나의 정체가 밝혀졌을 가능성도 무시할 수는 없었다. 그리고 결국 붙잡혔을 때 더 곤란해지는 건 안나 쪽이다. 안나는 뉴스킨을 굴려 보던 손을 멈추었다.

'그냥 도망가자. 뉴스킨을 갖고 있다는 건 나중에 밝혀질수록 좋겠지.'

재이와 안나는 건물 외벽에 붙은 사다리를 타고 옥상으로 향했다. 승강장에서 그나마 눈에 띄지 않는 우주선을 골라 타고 순식간에 도심 상공을 벗어났다.

안나는 부조종석에 앉아서 숨을 골랐다. 그때 조종석 화면에 홀로그램이 떠올랐다.

[긴급 경보, 긴급 경보. 현상 수배입니다.]

목성 전체에 보내는 긴급 경보다. 말끔한 차림으로 미소를 짓는 재이의 얼굴이 먼저였다. 공무 집행 방해, 무단 침

입, 지구인 등록법 위반. 다음으로는 CCTV에 찍힌 안나의 옆얼굴이 나왔다. 모자에 가려져 얼굴이 거의 드러나지 않았다. '신원 미상'이라는 글자에 뒤따른 혐의는 비슷했다. 목성 정부는 아직 안나의 얼굴도 이름도 파악하지 못했다. 안나는 들키지 않았지만 재이는 돌아갈 곳을 잃었다. 임서인이 직접 개입한 이상, 아무리 재영테크라 해도 재이를 구해 줄 수 없었다. 안나는 한숨을 삼키며 말을 내뱉었다.

"방위군을 찾는 걸 도와줄게. 가짜 팔찌를 만드는 것도."

재이가 안나에게 고개를 휙 돌렸다.

"어떻게?"

"알 거 없어. 넌 두 가지만 약속해."

"뭐든지 말해."

"팔찌를 만들 줄 안다고 했지?"

"재료만 있다면."

"좋아. 그게 첫 번째야. 반드시 나한테 가짜 팔찌를 줘야 해."

재이가 고개를 끄덕이며 물었다.

"두 번째는?"

"방위군을 찾으려면 지구로 돌아가야 해. 지구에 도착해서 도움을 얻는 데 성공하면, 넌 다시는 목성에 돌아오지 마."

"너는 안 가겠다는 거야?"

재이가 의아하다는 듯 물었다. 하지만 안나는 주먹을 꾹 쥐고 고집스레 말했다.

"이게 내 조건이야."

"……좋아."

"그럼 우선 가니메데 복지원으로 가."

말이 끝나자마자 두 사람의 시야가 번쩍였다. 재이가 손을 쓰기도 전에 부조정석에 앉은 안나가 조종간을 꺾었다. 우주선이 폭풍을 맞은 배처럼 휘청거렸지만, 그 덕분에 불시의 공격을 피할 수 있었다. 평범한 판단력과 순발력이 아니었다. 재이의 의문 섞인 눈길을 애써 무시하며 안나가 물었다.

"경비정이 따라붙었어. 여기 원거리용 무기 있어?"

"있어. 해치 쪽에."

"찾아와."

재이가 잽싸게 조종실을 빠져나갔다. 조종간이 조금만 흔들려도 우주선이 기울었다. 안나는 이를 악물고 집중했다.

"괜찮아. 똑같은 거야."

지구에서 몰던 쿼드와 같은 구조였다. 물론 크기는 훨씬 거대하고, 추락했을 때의 피해도 엄청나겠지만 안나는 그 사실을 잊으려고 엑셀을 더 힘껏 밟았다.

"나 이거 쓸 줄 몰라!"

원거리용 총을 들고 돌아온 재이가 울상을 지으며 말했다. 안나도 그걸 모르고 시킨 건 아니었다.

"와서 조종해."

재이가 비틀거리며 조종석에 앉았다. 안나는 외부로 연결되는 관을 열어서 총을 끼우고, 총구 앞을 막고 있던 선체의 포문을 열었다.

'발포를 멈추게 할 수는 없어.'

안나는 눈을 가늘게 뜨고 경비정을 노려보았다. 발포 장치가 너무 많았다. 차라리 선체나 엔진을 노려서 못 움직이게 하는 게 나았다. 경비정의 선체를 눈으로 훑던 안나가 숨을 삼키고 방아쇠를 당겼다. 경비정에서 불길이 올랐다. 같은 곳을 노려 한 번 더 쏘았다. 외벽 조각이 떨어져 나가며 연기가 새어 나오는 게 보였다.

"꽉 잡아!"

재이가 소리쳤다. 안나는 총을 놓고 벽에 바짝 붙었다. 엔진이 가열되는 쾅 소리가 울리고, 몸을 반쯤 뒤편에 두고 온 듯한 소름 끼치는 감각이 이어졌다. 순식간에 경비정이 멀어졌다.

"살았다."

안나는 그 자리에 털썩 주저앉았다. 벌써 가니메데가 코앞이었다. 곳곳에 생채기가 그어진 회색 행성이 고요하게 우주선을 맞이했다. 울퉁불퉁 경사진 땅에 집들이 납작하게 붙었다. 푹 꺼진 땅을 철판으로 아무렇게나 덮어서 집을 지었는지, 땅 밑에서 연기가 모락모락 솟기도 했다.

안나는 향수를 느끼지 않을 수가 없었다. 가니메데는 침공 이후의 지구와 완전히 닮은꼴이었다.

6. 가니메데 복지원

두 사람은 산자락에 위치한 복지원으로 향했다. 가니메데 복지원 간판은 거의 닳아 있었다. 녹슨 울타리를 밀고 들어가자 공을 차며 뛰어다니던 아이들이 일제히 멈추어 섰다. 복지원은 산의 경사에 맞춰 지은 건물이라서 직육면체인 3층이 2층 천장과 산등성이에 절반씩 걸쳤다. 삐뚜름하게 쌓아 올린 성냥갑 같았다. 지붕에는 혹시 모를 폭격을 막기 위한 목성 로고가 커다랗게 그려져 있었다.

재이는 복지원에 들어서자마자 눈에 띄게 안심한 표정이었다. 우선 울타리 안에 들어서니 마음이 놓이는 모양이었다. 안나가 아이들에게 물었다.

"지금 원장님 계세요?"

개중 가장 큰 아이가 본관의 왼쪽 끝을 가리켰다. 눈이 크고 머리카락이 퍼석했다. 안나가 아는 얼굴이었다. 아이도 안나를 알아본 듯했다.

"안녕."

안나가 조용히 속삭였다.

"뉴스킨 가지고 있어?"

아이가 바지 주머니에서 뉴스킨을 꺼냈다. 안나는 불법 개조 뉴스킨을 손에 넣으면 비상 수단으로 쓸 하나만 남기고 나머지는 분류소를 떠나는 아이들에게 들려 보냈다. 분류소 밖에서 만나게 되면 돌려 달라고, 나중을 위한 보험이라고 말했지만 반쯤은 핑계였다.

이 아이는 몇 주 전에 안나에게서 뉴스킨을 받아 갔다. 평소에 팔려 오던 안나 또래의 아이들보다 서너 살은 어리고 초록색 눈동자가 인상적이어서 기억하고 있었다.

"문제가 있어요? 내가 도와줄까요?"

아이가 아이답지 않은 표정으로 물었다. 안나는 묘한 느낌을 받았다. 보이는 것보다 단단한 아이 같았다.

"그럼 다른 애들이 원장실로 못 오게 해 줄래?"

아이가 순순히 고개를 끄덕이며 말했다.

"원장실은 왼쪽 끝에 있어요."

안나는 아이에게 감사 인사를 하고 건물로 들어갔다. 원장은 안나와 눈이 마주치자마자 얼굴이 하얗게 질렸다.

"뭡니까? 외부인이 들어오면 안 됩니다. 여기는 정부에게 공인받은 시설이고……."

짧게 잘라서 귀 뒤로 넘긴 머리카락에 새치가 드문드문 섞인 사람이었다. 안경이 삐뚤어졌는데도 손을 꽉 맞잡고 떨기만 했다. 원장은 손목에 하얀 팔찌를 차고 있었다.

안나는 소매를 들추어서 손목을 드러냈다. 손상된 바코드를 본 원장의 눈이 휘둥그레 뜨였다.

"여기에 숨을 수 있을까요?"

"당장 나가세요. 보아하니 수배범인 것 같은데, 두 명이나 숨겼다가 걸리면 복지원이 어떻게 될 것 같습니까?"

원장이 무기를 찾는지 손을 뒤로 돌려 책상을 더듬었다. 주변 행성들이 그려진 지도가 책상에서 미끄러져 떨어졌다. 안나가 양손을 들어 올려 원장을 안심시켰다.

"하룻밤만 숨겨 주세요. 책상이 있는 방과 몇 가지 물건이 필요해요. 그것만 제공해 주시면 값은 치르겠습니다."

원장이 의심 가득한 눈빛으로 쏘아보았다. 재이가 불쑥 끼어들었다.

"지구를 돕는 일이에요. 정말입니다."

재이는 원장이 도와주지 않을까 봐 불안한 모양이었다. 하지만 안나는 원장이 바라는 것이 지구의 안전이 아니라는 걸 알고 있었다.

"이분은 지구 같은 건 걱정 안 해. 지구로 돌아갈 생각도 없고. 목성인들이 괴롭히는 건 지긋지긋하지만, 원장님이 사라지면 더 끔찍한 인간이 복지원을 맡을까 봐 걱정하거든. 목성인이 지구인 복지원을 휘어잡고 이곳을 지옥으로 만들까 봐."

안나의 말을 들은 원장이 얼어붙은 듯 멈추었다.

"난 이 이야기를 한 명한테밖에 한 적이 없는데……."

원장은 눈동자를 똑, 딱, 시계추처럼 두 번 굴리고, 눈동자가 계란프라이의 노른자처럼 보일 정도로 눈을 번쩍 떴다.

다음 순간 안나와 재이는 원장실에 편안히 앉아 있었다. 원장은 재료를 당장 구하겠다고 뛰쳐나간 후였다. 재이가 눈치를 살피다가 조용히 물었다.

"아는 사이야?"

안나는 어깨를 으쓱였다.

원장과는 통신으로만 소통해 보았다. 복지원행을 택한 아이들의 몸에 은화를 숨겨 보낸 지 한참이 지났을 때였다. 신발 깔창 아래에, 묶은 머리칼 속에……. 비썩 마른 등허리에 테이프로 은화를 붙여 보낸 적도 있었다. 많아야 한 아이에 두세 개쯤. 등록 요원들에게 발각되었을 때 변명조차 하지 못할까 봐 금화는 보내지 못했다.

복지원에서 성인이 된 지구인들은 함께 자란, 터울이 크게 지는 아이를 입양하는 경우가 많았다. 그러니까 복지원 생활만 버텨 준다면, 보호자가 생기는 셈이었다. 안나는 그 점을 위안 삼았다. 물론 돈을 쥐여 주고 팔아넘기느니 팔찌를 채우기 전에 도망치게 해야 한다고는 생각했다.

복지원으로 떠난 아이가 열 명을 넘었을 때쯤 한밤중에 분류소의 전화벨이 울렸다. "가니메데 복지원"이라는 말에 안나가 전화를 끊어 버린 건 그 때문이었다. 어쩌면 원장은 반짝이는 은화를 기만이라고 생각할지도 모르니까. 하지만 그 뒤로도 가끔 전화가 울렸다. 안나는 점점 아무 말 없이 그의 이야기를 듣는 날이 많아졌다.

"문 좀 열어 주세요!"

밖에서 원장의 목소리가 들렸다. 안나가 다가가서 문을 열자, 원장이 큰 종이 상자를 들고 끙끙대면서 들어섰다. 상자는 전선과 화학 물질들이 담긴 병으로 가득했다. 재이는 목성 호수의 물도 상자 안에 집어넣었다.

"다 구하지는 못했어요."

원장이 이마에서 흐른 땀을 닦으며 말했다. 재이가 심각한 얼굴로 고개를 들었다. 안나는 재이의 표정을 단박에 알아보았다. 무언가가 부족하다는 의미였다.

"팔찌 몸체를 만들 재료가 없어. 아무 플라스틱이나 썼다가는 재질이 달라서 들킬 텐데."

잠시 고민하던 안나가 이내 결정을 내렸다.

"다시 우주선으로 돌아가자."

"뭐 하려고?"

"재료를 구해야지."

그 대화를 듣던 원장이 나섰다.

"우리 복지원 우주선을 쓰세요. 두 분이 타고 온 건 수배가 걸려 있지 않겠어요?"

안나는 단호하게 고개를 저었다.

"그러니까 여기 두면 안 돼요. 저희는 재료를 구해 올게요. 그사이에 단속이 오면 우리가 여기 없다는 걸 보여 주세요."

"재료를 어디서 구하려고요?"

"가니메데 기숙학교요."

재이가 미간을 구기며 끼어들었다.

"기숙학교?"

"일단 팔찌의 기본 재질은 똑같잖아. 기숙학교 지구인 아이들도 팔찌를 가지고 있을 거고. 학교니까 여분도 있을 거 아냐?"

재이가 뺨이라도 맞은 표정으로 안나를 쳐다보았다. 그러더니 고개를 설레설레 저었다.

"너무 좋은 생각인데?"

안나가 피식 웃은 그 순간이었다.

"원장님!"

아이들이 원장실로 와르르 몰려들었다.

"노아야, 무슨 일이야?"

원장이 순식간에 강철 같은 얼굴이 되었다. 언제 덜덜 떨었느냐는 듯한 태도였다. 아까 안나를 도와준 아이, 노아가 맨 앞에서 외쳤다.

"해왕성 수송선이 내려와요!"

열린 문을 통해 재이와 안나는 창밖을 내다보았다. 낡고 거대한 수송선이 복지원 상공을 뒤덮고 있었다.

안나도 해왕성 수송선을 가까이서 보는 것은 처음이었다. 뒤집힌 방패, 혹은 거북이 등딱지 같은 모양이었다. 순식간에 공포가 느껴졌다. 해왕성처럼 어두운 파란색 선체에 하얀색으로 목성 로고가 그려져 있었다. 달아난 지구인을 해왕성으로 끌고 가는 수송선이 지금 왜 복지원에 나타났을까?

수송선에서 경고 방송이 울려 퍼졌다.

"현상 수배범을 찾고 있습니다. 현상금은 300마크입니다. 수배범의 도주를 돕다 발각되면 추방될 수 있습니다. 다시 한번……."

원장이 방문을 다시 쾅 닫았다. 안나는 아주 짧은 순간, 원장이 두 사람을 가두려는 것이라고 생각했다. 하지만 원장은 책상으로 달려가더니 열쇠 꾸러미를 꺼냈다.

"따라오세요."

갑작스러운 제안에 당황한 안나의 손을 잡아끌며 노아가 말했다.

"대피소가 있어요. 여길 나가서 자립한 형, 누나 들이 준비한 거예요. 엄청 많은데 우리한테도 알려 줬어요."

노아의 목소리는 힘찼지만, 안나는 그 말에 오히려 발이 딱 붙었다. 안나는 원장을 멈춰 세웠다.

"잠깐만요."

"지금 우주선으로 돌아가면 당신들은 꼼짝없이 잡혀가요. 일단 우리와 함께 대피소로……."

"그럼 아이들까지 수배범이 될 거예요."

원장의 얼굴이 딱딱하게 굳었다. 그는 자신을 둘러싼 아이들의 얼굴을 살펴보다 울상을 지었다. 옆에 서 있던 재이가 나서서 안나를 거들었다.

"어차피 저희는 팔찌를 구해야 해요. 차라리 기숙학교로 빨리 이동하는 게 안전해요."

그곳이라고 안전할 리가 없다는 걸 안나도, 재이도, 원장도 알고 있었다. 하지만 모두를 위험에 빠뜨릴 순 없었다. 원장이 뭐라 말하지 못하고 망설이는 사이, 안나와 재이는 돌아가기 위해 방을 나섰다. 원장이 맨 앞에 선 노아의 어깨를 짚으며 말했다.

"친구들이랑 같이 대피소에 들어가 있어."

"원장님은요?"

"이분들한테 우주선 위치만 알려 드리고 갈게."

안나와 재이가 다시 사양하려 했지만 원장은 단호했다.

"수배된 우주선이 여기서 출발하면, 곤란해지는 건 마찬가지예요. 몇 대 안 남은 낡은 복지원 우주선이야, 한 대쯤 없어져도 둘러댈 수 있어요."

하는 수 없이 원장을 따라나서는데, 노아가 말했다.

"기숙학교로 간다고 했죠?"

안나가 고개를 끄덕였다.

6. 가니메데 복지원

"지구인 학생회장을 찾아가요."

노아는 대답도 듣지 않고 휙 돌아서더니 어린아이들을 이끌고 달렸다. 안나는 재이의 어깨를 툭 두드렸다.

"가자. 이거 챙겨."

안나는 재이의 손닥에 뉴스킨 하나를 넘겨 주었다.

"따라오세요."

원장의 손짓에 따라 두 사람은 3층으로 향했다. 좁은 격납고에 우주선 네 대가 보였다. 하나같이 낡고 생채기가 가득했지만 성능이 좋아 보였다. 안나가 가장 작고 색이 어두운 것을 고르자 원장이 열쇠를 건넸다.

재이가 먼저 우주선에 오르는 동안, 안나는 소장이 준 꾸러미에서 금화 다섯 개를 꺼내 원장의 손에 쥐여 주었다. 원장은 금화 대신 안나의 손을 덥석 잡았다.

"조심하세요. 재료를 구해 드리지 못해서 미안합니다."

"아니요, 원장님 탓도 아닌데요."

"후원금도!"

원장의 외침에 안나가 말을 멈추었다.

"후원금도 고마워요. 위험하다는 걸 알면서도 매번 보냈잖아요."

"제 기분만 냈는데요, 뭐."

안나는 사과를 하려고 했지만, 목이 꽉 막히는 기분이었다. 원장이 눈을 부릅뜨더니 고개를 저었다.

"분류소 직원 월급으로는 빠듯했을 텐데, 우리한테만 보낸 것도 아니겠죠."

수송선이 다가오는 엔진 소리가 점점 더 커졌다. 조종석에 앉은 재이가 창문을 탕탕 치며 재촉했다. 원장은 안나의 등을 밀며 마지막 인사를 건넸다.

"어서 가요. 우리는 무사히 다시 만날 수 있을 거예요."

안나는 그 기약 없는 약속에 한숨이 나왔지만, 원장의 표정이 너무나 진지해서 어쩔 수 없이 고개를 끄덕였다.

안나가 안전벨트를 매자, 엔진이 바람에 흔들리는 창문처럼 요란하게 울리며 긴 잠에서 깨어났다.

7. 가니메데 기숙학교

안나는 기숙사 건물의 창문을 넘으려다가 멈칫했다. 따라 들어가려던 재이가 안나의 등에 얼굴을 부딪혔다.

'어느 쪽이지?'

안나는 뒤로 물러서서 건물을 다시 보았다. 기숙사 건물은 두 동이었다. 하나는 지구인 학생용, 하나는 목성인 학생용이 분명했지만 표시가 되어 있지 않았다.

'지구인 기숙사로 들어가야 하는데.'

안나가 더 허름한 쪽을 골라 창문을 열려는 순간, 뒤에 서 있던 재이가 안나의 등을 두드렸다. 신경이 곤두선 채로 뒤돌아본 안나는 깜짝 놀랐다. 곱슬머리를 한 아이가 재이의 뒤에 선 채, 재이의 입을 막고 있었다. 안나는 재빨리 아이의 팔찌 색을 확인했다. 지구인이었다.

"쉿."

아이가 몸을 낮추며 속삭였다. 세 사람의 머리 위에서 창문 열리는 소리가 울렸다. 재이의 어깨가 움찔 튀었다. 선생님으로 보이는 목성인이 수상하다는 듯이 주위를 살피다가, 창문을 도로 닫았다. 창이 닫히자 곱슬머리가 안나의 손을 잡아끌었다. 아이를 따라가는 내내 안나는 혼란스러웠다. 믿어도 되나? 가니메데 기숙학교에서 공부하고 있다는 건, 목성인과 함께 살아가는 방향을 선택했다는 뜻이다.

하지만 아이는 두 사람을 무사히 지구인 기숙사 안으로 이끌었다. 안나와 재이는 얼떨결에 푹신한 침대에 앉았다. 아이가 안나에게 물병을 건네며 물었다.

"무슨 일로 왔어?"

"너, 나 알아?"

곱슬머리가 웃으며 대답했다.

"내가 널 어떻게 알아."

어쩌면 안나가 있을 때 분류소를 거쳤을지도 모른다. 이 아이는 안나를 위해 위험을 감수하고 있는데, 안나는 이 아이를 팔아넘긴 장본인일지도 몰랐다. 안나가 대답 없이 머뭇대자 곱슬머리가 물었다.

"너도 지구 방위군에서 보냈어?"

"방위군이 여기에다 사람을 보내?"

재이가 놀란 목소리로 끼어들었다. 곱슬머리의 눈빛에 의심과 경계가 번뜩였다.

"그럼 어떻게 알고 여기에 온 거야?"

안나가 곱슬머리의 손에 들린 물병으로 손을 뻗으며 태연한 듯 말했다.

"도움이 필요해서 왔어. 지구인 학생회장을 찾으라던데. 우리를 도와줄 거라고 들었어."

"누구한테?"

"가니메데 복지원에 있는 애한테. 초록색 눈에 까만 머리."

그제야 곱슬머리는 어깨에 긴장을 풀고, 침대에 털썩 앉아 대답했다.

"내가 학생회장이야."

경계가 느슨해지자 안나는 아까 재이가 건넨 질문을 재차 꺼냈다.

"목성에 방위군이라니, 무슨 소리야?"

"많은 지구인이 여기 끌려왔으니까, 지구인을 지키려는

사람들도 온 거지."

안나의 심장이 빠르게 뛰었다. 방위군이 정말 남아 있을 줄은 몰랐다. 진작 다 죽거나 흩어졌을 거라고 생각했다.

"가끔 자기들이 구조한 아이들을 여기로 보내. 가니메데에는 숨을 곳이 마땅치 않으니까 기숙사에 숨겨 달라고."

"아이들?"

"분류소에서 다른 데로 팔려 가던 애들."

다른 곳? 이해가 되지 않았다. 회장은 의아해하는 안나와 재이를 보며 알 만하다는 표정이었다.

"사냥꾼이 지구인 애들을 잡아서 우선 분류를 받게 하고, 애가 고른 데로 데려가는 길에 죽었다고 거짓 신고를 해. 이미 200마크는 받았으니까 보증금 정도는 포기하는 거지. 그러고 나서 불법으로 다른 데에 팔면 100마크쯤 받을 수 있어."

"빼돌린 애들을 누가 사는데?"

"가니메데의 공장장, 재료를 손질할 사람이 필요한 식당 주인, 공짜로 일을 시킬 배달부가 필요한 사장, 가정부가 필요한 부자. 싼값에 부려 먹으려는 사람은 언제나 있지. 방위군은 그 불법 거래 현장을 덮쳐서 아이들을 구하는 거야."

그렇게 말하는 회장의 얼굴에 잠시 슬픔이 드러났다가 금세 사라졌다. 하지만 그 표정은 하얀 팔찌보다도 더, 그 애를 지구인처럼 보이도록 했다. 회장이 재차 물었다.

"내가 뭘 도와줘야 하는데?"

안나는 망설였다. 눈을 마주한 재이도 망설이는 듯했다. 믿고 싶은 마음만으로 사람을 믿으면 안 된다는 건 잘 안다. 하지만 안나는 아까 회장이 보인 표정을 믿기로 했다.

"팔찌가 필요해서 왔어."

"몇 개?"

마치 팔찌를 얼마든지 구할 수 있다는 태도였다. 재이가 눈을 빛내며 말했다.

"최대한 많이."

"왜 필요한데? 납득이 가면 도와줄게."

신이 나서 설명하려는 재이에게 안나가 눈짓했다. 그리고 대신 답했다.

"자세하게는 말 못 해. 하지만 너희한테도 좋은 일이야."

"'너희'가 누군데?"

"지구인. 목성의 모든 지구인."

회장이 안나의 눈동자에 진실이 쓰여 있다는 듯 빤히 눈을 맞추었다. 그 눈빛이 마치, 너는 지구인이 아니냐고 묻는 것만 같았다. 부담스러워 눈을 피하려는 순간, 회장이 아무

렇지 않게 고개를 끄덕였다.

"그래."

안나와 재이가 동시에 회장을 바라보았다.

"주황색이어야 돼, 하얀색이어도 돼? 어차피 여기 있는 애들, 팔찌 끊어야 하거든."

"팔찌를 끊는다고?"

놀란 안나가 되물었지만 회장은 대답하지 않았다. 도리어 답을 바라는 얼굴로 안나를 빤히 보았을 뿐이다.

"하얀색이어도 돼."

재이가 대신 답했다. 안나는 고개를 떨구었다. 긴장이 사라지면서 뇌가 텅 비어 버린 기분이다. 그리고 그제야 기숙사 방 안에 별다른 짐이 없다는 것을 눈치챘다. 그러는 중에도 회장은 책상을 정리하고 있었다. 너덜너덜한 책들은 책장에 가지런히 꽂고, 필기구를 그러모으더니 잠시 고민한 뒤 가방에 넣었다.

"너희, 무슨 일을 벌이는 거야?"

안나가 따지듯 물었다. 회장은 웃으며 말했다.

"올해 가니메데 기숙학교에는 지구인 졸업생이 없을 거야."

"무슨 소리야?"

가니메데 기숙학교에서 지구인이 너무 좋은 성적을 받으

면 징계를 주거나 트집을 잡아서라도 점수를 깎는다고 했다. 그 정도는 안나도 알고 있었다. 하지만 지구인 학생들은 목성에 자리 잡기 위해 필사적으로 공부한다고 했는데.

"처음엔 우리도 열심히 하자고만 생각했어. 그런데 소용이 없더라고. 어차피 잘 배운 지구인이 할 수 있는 건 여기서 다시 아이들을 가르치는 일이야. 지구인은 뭘 해도 안 된다고 가르치는 거지."

분명 기숙학교를 선택하면 지구인이라도 목성의 교육을 받을 수 있다고 했다. 목성인이 되지 못하더라도 목성인처럼 살 수 있는 기회를 준다고. 그렇게 말하고 안나는 아이들을 분류했다. 그리고 목성인이 되기를 택한 아이들을 속으로 비웃기도 했다. 안나는 입술을 깨물었다.

"가니메데 기숙학교는 목성인이 아니면 진로를 보장하지 않아. 그래서 몇 년 전부터 졸업생들은 한두 명씩 방위군으로 갔어."

재이가 자기도 모르게 소리를 낮추어 물었다.

"방위군과는 어떻게 연결된 건데?"

"방위군에서 먼저 우리에게 연락했어. 지구로 돌아가서 함께 싸우지 않겠냐고."

지구에서도 누군가 맞서 싸울 준비를 하고 있구나. 놀라

움의 연속이었다.

"우리는 졸업을 기다리지 않기로 했어. 떠날 거야. 대신 이쪽에도 확실히 손해를 입혀서 우리가 가만있지 않을 거라는 것을 보여 주려고."

안나는 회장의 자신감 넘치는 미소를 보았다. 분류소에 오는 아이들은 늘 두려움에 눈밑이 새파래져 있었다. 이런 일을 벌일 정도로 영리한 십 대들을 본 기억은 없었다. 대체 무엇이 아이들을 이렇게 단단하게 만들었을까?

"지구까지는 어떻게 가는데?"

"학교에 수업용 연습 우주선이 있어. 전교생이 의무적으로 조종을 배웠지. 물론 목성인들한테만 가르쳤지만, 비행장 청소와 관리를 우리가 하는데 모를 수가 있나."

"연료는 있고? 연습 우주선이면 넉넉하지 않을 거 아냐."

"한 번의 기회를 위해서 가니메데 학생들이 오랫동안 모아 온 자금이 있지."

재이의 물음에 대답하며 회장이 서랍에서 작은 송신기 하나를 꺼냈다. 안나는 자리에서 벌떡 일어났다.

"수업용 우주선을 몰고 지구까지 간다고? 목성인들이 가만있지 않을 거야."

"선생이든 학생이든 목성인 기숙사에서는 오늘 누구도 못

나와. 맨날 그 건물까지 청소하라고 맡긴 열쇠가 오늘 제 역할을 할 테니까."

"……오늘?"

안나의 얼굴을 바라보며 회장이 손에 든 송신기의 버튼을 누르고 말했다.

[안녕하세요, 지구인 학생 여러분. 회장입니다.]

천장에 달린 스피커에서 웃음 섞인 목소리가 울려 퍼졌다.

[오늘은 우리가 스스로 졸업하는 날입니다. 우주선에 타면 바로 팔찌를 빼 주세요. 창밖으로 던져 버려요. 그 팔찌는 지구인들을 위해서 쓴다고 하니까 잘 부탁해요.]

바쁘게 움직이는 발걸음 소리가 복도를 달렸다. 기숙사 전체가 기대감으로 수런거렸다. 회장이 안나에게 물었다.

"타고 온 우주선 있지?"

"응."

"그럼 본관 옥상으로 와. 그 뒤가 비행장이거든. 팔찌는 내가 가져다줄게."

안나는 회장에게 손을 내밀어 악수를 청했다.

"고마워. 우리가 너희 작전에 끼어들었네."

회장은 안나의 손을 꽉 맞잡더니 눈을 뚫어져라 보며 말했다.

"아니, 우리는 서로를 도운 거야."

무슨 뜻이냐고 묻기도 전에 회장은 방을 나섰다. 들어갈 때와는 달리 어렵지 않게 기숙사를 빠져나온 재이와 안나는 본관 옥상으로 우주선을 몰았다.

철컹 소리와 함께 본관 뒤편 지하의 격납고가 열리기 시작했다. 곧 노랗고 작은 우주선 이백오십 대가 벌떼처럼 날아올라 운동장에 내려앉았다. 교복 셔츠 소매를 걷어 올린 학생들이 조종석에 앉아 있었다. 조금 뒤 기숙사에서 쏟아져 나온 어린 학생들이 우주선으로 줄지어 달려갔다.

그 옆 건물에서는 이제 막 일어난 듯한 학생들이 창문에 붙어 서서 그 모습을 바라보고 있었다. 아마도 목성인 기숙사일 것이다.

"무슨 생각들을 하고 있을까?"

재이가 혼잣말처럼 물었다. 안나는 대답하지 못했다. 지구에서 얼마 다니지는 못했지만 안나에게 학교는 적어도 안전한 곳이었다. 몇 명 안 되는 어른들도 학교에 다니던 때가 행복했다고 말했다. 여기서도 그럴 줄 알았다. 그런데 지구인 아이들과 목성인 아이들은, 서로 다른 것을 배웠을 것이다. 한쪽은 스스로를 지켜야겠다고 결정했고, 다른 한쪽은 그 모습을 지켜보고 있다.

7. 가니메데 기숙학교

우주선으로 빨려 들어가듯 사라지며 학생들은 하얀 팔찌를 밖으로 던졌다. 그 팔찌들을 모두 수거한 회장이 본관 입구로 들어오는 모습이 보였다. 곧 옥상 문이 열리고, 양손에 커다란 상자를 든 회장이 비틀비틀 달려왔다. 안나는 팔을 뻗어서 상자를 받으려다 얼어붙었다.

"무슨 소리 안 들려?"

안나가 말했다. 지구에서 가끔 느꼈던 서늘함이 들었다. 그리고 아득한 엔진 소리와 천천히 다가오는 불길한 그늘. 안나는 하늘을 올려다보았다. 한 떼의 우주선이 다가오고 있었다. 목성의 주황색 경비정들이었다. 그 한가운데에 해왕성 수송선이 있었다.

"서둘러!"

안나가 고개를 숙이며 회장을 잡아끌었다. 조종석에서 재이가 뭐라고 소리치며 하늘을 가리켰다. 멀리서도 경비정의 포구가 열리는 것이 보였다. 곧 총격이 쏟아질 것이다.

안나와 회장은 화물칸에 상자를 던져 넣었다. 돌아서려는 회장의 팔을 안나가 잡아챘다.

"너무 위험해. 지구까지 가지 못할지도 몰라."

하지만 회장은 안나의 어깨를 힘주어 잡았다.

"우리는 지구로 돌아갈 거야. 거기서 우리를 지킬 거야. 너희가 시간만 끌어 줘."

단단히 결심한 얼굴에 안나의 손에서 힘이 빠졌다. 회장은 그런 안나를 힘껏 끌어안고 귓가에 무어라 속삭이고는, 뒤돌아서며 씩 웃어 보였다.

"방위군의 지구 베이스캠프는 반도 서쪽에 있대. 혹시 잊었을까 봐."

휘날리는 곱슬머리를 멍하니 바라보다 안나는 흠칫 정신을 차리고 화물칸에 뛰어들었다.

"출발한다!"

재이가 외쳤다. 안나는 재영테크에서부터 챙겨 온 총을 들고 뒤쪽에 자리를 잡았다. 다가오는 주황색 경비정들을 겨누었다. 하지만 머릿속은 혼란스러웠다.

'또 봐, 안나.'

회장은 분명 그렇게 말했다. 안나의 이름을 알고 있었다. 대체 어떻게 알았을까. 시야가 흔들릴 정도로 몸이 떨렸다. 하지만 불안해하고 있을 틈이 없었다. 경비정 수가 점점 늘어나고 있었다. 재이가 속도를 높였다. 복지원의 낡은 우주선이 운동장에 웅크린 노란 벌떼들을 앞질러서 경비정들을 향해 빠르게 날아올랐다.

8. 해왕성 수송선

 주황색 경비정들이 안나와 재이가 탄 우주선을 둘러쌌다. 이내 푸른빛을 번쩍이며 무자비한 공격을 시작했다. 재이는 간신히 방향을 틀며 피했다. 그럴 때마다 자리를 옮겨 가며 안나 역시 사격을 멈추지 않았다. 달려들던 경비정 몇 대가 레이더에서 연기를 뿜으며 떨어져 나갔다.

 안나는 고개를 들어 아래를 살폈다. 노란 학교 우주선들이 무사히 반대 방향으로 향하고 있었다. 하지만 안나와 재이는 안전하지 않았다. 재이가 속도를 높였지만 충분히 빠르지 못했다.

 덜컹. 안나는 흠칫 놀라서 뒤를 돌아보았다. 우주선의 뒤

꽁무니가 떠올랐다. 수송선에서 뻗어 나온 갈고리가 우주선을 낚아챈 것이다. 재이가 엑셀을 밟아 벗어나려고 할 때마다 선체가 부서지고 있었다.

"이러다 폭발할 거야!"

안나가 외치자, 재이는 재빨리 조종간을 놓았다. 안나는 부조종석으로 돌아가 앉았다. 이제 결정을 내려야 했다.

"갈고리에 잡혔으면 어쩔 수 없어. 버티다가 폭발해서 사라지든지, 깔끔하게 포기하고 끌려가든지."

재이는 고개를 빼서 노란 학교 우주선들이 거의 다 도망친 것을 확인했다. 안나가 먼저 뉴스킨을 눌러 얼굴을 숨겼다.

'지구인 학생들이 단체로 탈출한다는 신고도 받았겠지.'

차라리 기숙학교 학생인 척하고 다시 잡혀가면 분류소 소장의 도움을 받을 수 있을지도 몰랐다. 뒤이어 뉴스킨을 활성화한 재이가 엔진을 껐다. 수송선과의 거리는 더욱 빠르게 가까워졌다.

수송선 내부에 끌려 들어온 우주선은 격납고에 강제 고정되었다. 입구가 열리고, 총을 든 경비병들이 말했다.

"손 들고, 밖으로 나오십시오."

재이가 열쇠를 엄지손가락에 낀 채, 손바닥이 그들에게 보이도록 손을 들고 내렸다. 안나도 손을 들고 뒤따랐다. 열쇠를 압수한 경비병이 말했다.

"손목 확인하겠습니다."

안나가 손목을 내밀었다. 바코드가 망가지고 얼굴도 바꾼 안나가 분류소에서 일하던 현상 수배범이라는 사실을 알아낼 방법은 없었다. 아마도 그럴 것이다. 안나는 떨지 않으려고 애썼다.

"생년은?"

"3008년입니다."

"미성년이군요. 분류소로 이송하겠습니다."

돌아가면서 무뚝뚝하게 설명을 마친 경비병들이 앞장서서 복도를 걷기 시작했다. 하얀 벽에 해왕성 모형이 푸른 조명을 뱉어 내고 있었다.

안나는 안주머니를 슬쩍 만져 보았다. 총이 느껴졌다.

지하 복도를 한참 걷다 어느 방 앞에 멈춰 선 경비병이 총 끝으로 지시했다.

"들어가세요."

두 사람이 막 들어서자 낮은 목소리가 날아들었다.

"저리 가."

먼저 붙잡힌 포로인 모양이었다. 짜증 섞인 목소리에는 기대할 것이 없었다. 안나와 재이는 별말 하지 않고, 목소리가 들려온 벽의 반대쪽으로 움직였다. 그리고 마침내 다다른 곳에도 누군가 앉아 있었다. 재이가 헉, 하고 숨을 들이마셨다.

"강해산?"

해산 역시 놀라서 몸을 일으켰다. 재이가 뉴스킨을 껐다. 안나는 뒤늦게 해산의 얼굴을 알아보았다. 폐차장과 재영테크에서 만났던, 날렵한 눈매가 인상적인 아이. 재이부터 꼭 끌어안은 해산이 안나에게도 눈인사를 건넸다.

"우리가 도망쳤던 날, 너도 체포된 거야? 지금까지 여기 갇혀 있었어?"

재이가 묻자 해산이 어깨를 으쓱였다. 당연히 해야 할 일이었다는 표정이다.

"서 있지 말고 앉자. 얼마나 더 가야 할지 알 수 없다고."

해산이 두 사람을 잡아끄는 바람에 안나와 재이는 엉겁결에 해산을 가운데 두고 앉게 되었다.

시간이 얼마나 흘렀을까. 부스럭거리던 재이가 무릎에 고개를 얹고 잠들었을 때였다. 해산이 안나 쪽으로 조금 몸을 기울이는가 싶더니 재이가 들을 수 없을 만큼 작은 목소리로 속삭였다.

"난 반도 서쪽에서 자랐어. 위기 상황에서 무조건 따라야 할 사람의 얼굴을 기억하도록 훈련받았지."

안나는 불에 덴 듯이 놀랐다. 해산이 그런 안나의 얼굴을 살폈다.

"대장, 괜찮아?"

괜찮지 않았다. 다시는 듣고 싶지 않던 말이었다. 지구에서 멀리 도망쳤는데도 그 호칭이 안나를 따라다녔다. 해산이 걱정스러운 표정으로 다시 한번 속삭였다.

"방위군의 안나 대장, 맞지?"

9. 안나

안나가 학교에 간 사이, 사냥꾼들이 마을을 덮쳤다. 총성에 놀라 학교를 빠져나왔지만, 집으로는 돌아갈 수 없었다. 어차피 부모님도 몇 년 전 사냥꾼들에게 잡혀간 뒤 소식을 몰랐다. 안나는 도망치는 사람들을 따라 숲으로 들어갔다.

숲은 당장의 보호막이 되어 주었다. 그 소문을 들은 사람들이 모이고, 그들을 따라 사냥꾼들이 오고, 습격에서 살아남고 나면 또 사람들이 찾아왔다. 숲에는 자연스레 '생존자들의 마을'이 생겨났고, 마을을 지키기 위해 싸울 사람도 필요해졌다. 지구인을 지키는 자치대를 방위군이라 불렀다.

안나도 방위군에 지원했다. 그리고 수많은 싸움에서 살아

남았다. 곧 안나는 자기 부대에서 가장 오래 살아남은 사람이 되었다. 나이에 상관없이 대장 노릇을 맡았다. 문명이 무너지고 인구가 줄어들자 오히려 기후는 좋아졌지만 살기는 점점 더 어려워졌다. 어른들이 대부분 죽거나 잡혀가자, 점점 더 많은 사냥꾼들이 왔다. 살아남았다는 이유로 안나는 너무 많은 죽음을 보아야 했다.

그날도 마찬가지였다. 사냥꾼들이 동쪽에 딱 하나 남은 학교로 향했다는 이야기를 듣고 안나가 이끄는 정예 팀 전체가 미끼로 나섰다. 격렬한 전투가 이어졌다. 정신을 차렸을 때, 살아 남은 건 안나뿐이었다. 쿼드 밑에 깔려서도 총을 겨누는 안나에게 사냥꾼이 물었다.

"쏠 거냐?"

그 순간 안나의 안에서 무언가 뚝 끊어졌다.

목성에는 수많은 사냥꾼이 있고, 수많은 우주선이 있다. 오늘 살아남는다고 해도 내일 죽을 수 있다. 차라리 오늘 항복했더라면, 안나의 팀원들은 최소한 살 수 있지 않았을까? 싸울수록 죽어 간다면, 왜 싸워야 할까.

그래서 안나는 사냥꾼에게 순순히 손목을 내밀었다.

목성에 온 뒤로 안나는 오직 살아남는 데에만 전념했다.

그래서 분류소로 갔고, 지금 여기에 있다. 이제 더는 '대장'으로 살지 않기로 했고, 방위군 대장 안나를 알아보는 사람은 없었다. 그런데 오늘 안나는 자신의 정체를 아는 사람을 둘이나 만났다. 해산과 가니메데 기숙학교의 지구인 학생회장. 대체 어떻게 알았는지 캐묻고 싶었지만 지금은 때가 좋지 않았다.

"재이한테는 말하지 마."

안나가 낮게 속삭였다. 이제껏 재이가 본 안나는 오로지 살아남기 위해 타협하는 사람일 뿐이다. 안나 같은 사람이 방위군을 이끌었다는 것을 재이에게 들키고 싶지 않았다. 재이는 방위군을 동경하고 있다. 그 반짝반짝한 투지가 사라질까 봐 겁이 났다. 해산은 뭔가 묻고 싶은 눈치였지만 안나의 기색을 살펴 참는 듯했다. 그저 목소리를 높여서 다시 말했다.

"일단은 여기서 탈출하자."

"나간다고? 어떻게?"

잠든 줄 알았던 재이가 고개를 번쩍 들었다. 해산이 희미한 비상구 표시등 아래로 다가가 손목을 걷었다. 주머니에서 까만 볼펜을 꺼내더니 손목 위에 수송선의 모양을 그렸다.

"우리가 있는 곳은 여기, 지하실이야. 계단 위에 바로 격납고가 있어. 우선 거기로 가서 탈출할 우주선을 훔치자."

"좋아. 하지만 밖으로 나가서는 안 돼. 이 수송선의 레이더에는 사각지대가 없어."

안나가 해산에게서 볼펜을 받아 들며 말했다.

"탈출해야 하는데 밖으로 나가면 안 된다니, 그게 무슨 소리야?"

재이가 혼란스러운 표정을 지었다. 안나는 해산의 손목 위에 수송선을 가로지르는 선을 그었다.

"수송선 내부를 통과해야 해. 건축용 신소재로 만든 우주선이 있다고 들었는데, 알아?"

"주피터 550! 내가 운전할 수 있어."

"좋아. 재이 네가 그걸 맡아. 이 수송선은 크고 오래됐어. 나와 해산이 총으로 엄호하면서 주피터로 격납고에서부터 직선으로 뚫으면, 조종실까지 갈 수 있을 거야."

"조종실을 점령하자고?"

해산이 눈을 반짝였다.

"좋아. 나, 격납고에서 총기도 봤어."

"그럼 네가 무기를 맡아. 난 따로 갈 곳이 있어."

안나와 해산, 재이가 낮은 소리로 계획을 세우는데 아까의 그 목소리가 또 다시 들려왔다.

"너희, 뭐 하는 거야?"

시야가 어둠에 익숙해진 덕분에, 반대편 벽에 기대앉은 여자가 눈에 들어왔다. 안나는 그 모습에 기묘한 익숙함을 느꼈다.

"이대로 해왕성에 끌려갈 수는 없잖아요."

"그럼 어디로 갈 건데?"

안나는 입을 꾹 다물었다. 안나는 목성으로 돌아갈 생각이다. 재이에게서 가짜 팔찌를 얻고, 목성인 행세를 하며 숨어 살 것이다. 운이 더 따라 준다면 재이와 해산을 지구로 도망치게 해 줄 수 있을 것이다. 하지만 재이와 해산 앞에서 그렇게 말할 수는 없었다. 안나가 대답을 망설인다고 생각했는지 여자가 다시 물었다.

"왜 도망가려는 건데?"

"왜 안 도망가려는 건데요?"

안나가 맞받았다. 여자가 픽 웃었다. 그제야 그의 차림새가 눈에 들어왔다. 머리칼을 대충 자르고, 잔뜩 그을린 옷을 입고 있었다. 폭약을 자주 다루면 생기는 흔적이다. 지구에서 오랫동안 버틴 사람일 것이다.

"소용없으니까. 목성에서 살려면 목성인의 노예가 되어야 하고, 자유롭게 살려면 평생 도망쳐야 해. 지구에서 끌려 나온 순간부터 우리는 자유로울 수가 없는 거야. 거기가 우리 행성이었으니까."

목소리를 높이던 그가 고개를 벽에 기댔다.

"됐다. 애들이 뭘 해 보겠다는데 내가 막을 순 없지."

안나는 비스듬히 기운 목과 힘 빠진 어깨에 묻은 감정을 알았다. 지친 거다. 어차피 잡힐 거였는데 왜 이제까지 버텼을까. 다 죽어 가는 행성을 지키자고 왜 목숨을 걸었을까. 그냥 지나치기에는 안나에게 너무 익숙한 감정이었다.

"저기요."

재이와 해산이 기다리는 줄 알면서, 안나는 다시 한번 그에게 말을 건넸다.

"지쳤다는 건 알아요. 하지만 해왕성에 끌려가면 지칠 틈도 없을 거예요. 우리가 소동을 일으켰을 때 여기에 남든 안 남든 당신 자유예요. 혹시 도망쳤는데 갈 데가 없으면, 가니메데에 있는 대피소를 찾아가요."

여자는 고개를 끄덕였지만 진심으로 듣는 것 같지는 않았다.

'이미 무너진 사람이구나.'

안나는 주머니에서 총을 꺼내 들었다. 가장 약한 부분은 겉이 아니라 안이다. 안이 무너지면 버틸 수 없다. 저 사람처럼, 그리고 이 수송선처럼 말이다.

안나가 총으로 잠금쇠를 부수었다. 총이 없는 재이를 가운데 두고 어느새 총을 꺼내든 해산이 선두를, 안나가 뒤를 맡았다. 끌려왔던 방향으로 달리자 쇠기둥이 줄줄이 늘어선 공간이 나왔다. 쇠기둥마다 이파리처럼 달린 철판에 우주선들이 고정되어 있었다. 격납고였다. 해산은 발소리를 죽인 채 무기를 보았다는 창고로 향했고, 재이는 주피터 550을 확보하기 위해 달려갔다. 그사이 안나는 한참 위에 고정된 우주선들 중 자신이 타고 온 것을 발견하고 한숨을 쉬었다. 하는 수 없이 기둥에 달린 사다리를 올랐다. 주변을 경계할 수도, 몸을 숨길 수도 없으니 누군가에게 발각되면 꼼짝없이 총을 맞을 것이다. 온몸이 땀에 젖은 채 우주선까지 도착했는데, 이번엔 열 방법이 없었다.

"비상 손잡이가 분명히 있을 텐데…….”

창문틀 모서리를 누르자 조종석 창문이 벌컥 열렸다. 하마터면 머리를 부딪힐 뻔해 납작 엎드려야 했다. 조종석 창문으로 뛰어든 안나는 하얀 팔찌가 담긴 상자로 직행했다. 팔찌가 있어야 목성인 행세를 할 가짜 팔찌를 만들 수 있다. 안나는 바닥에 널브러져 있던 배낭에 팔찌를 되는 대로 옮겨 담고 자리에서 일어났다.

안나가 다시 격납고 입구로 돌아왔을 때, 온몸에 무기를 매단 해산이 달려왔다. 등에는 어뢰처럼 생긴 폭탄까지 지고 있었다. 안나가 해산의 팔에 주렁주렁 달린 총 몇 개를 나눠 들었다. 곧 재이가 탄 주피터 550이 질주해 왔다. 모든 우주선이 정박되어 있는 시각이다. 이제 경비병들이 알아차리는 건 시간문제였다.

"타!"

재이가 소리쳤다. 해산은 조종석 뒤쪽 포구에, 안나는 후문 쪽 발판에 자리를 잡았다. 우주선은 쏜살같이 격납고 내부를 날았다. 벽에 가로막힐 때마다 안나와 해산은 방아쇠를 당겼다. 선체가 울리는 진동이 한참 계속되다가 마침내 우주선이 멈추었다. 조종실이었다. 조종실 안에는 조종사 복장 차림의 두 사람만이 갑자기 밀고 들어온 우주선을 겁먹은 눈으로 보고 있었다.

'왜 둘뿐이지?'

안나는 당황했다. 해산이 다른 사람들은 어디 있느냐고 다그쳤지만 그들은 고개를 젓기만 했다. 하지만 안나는 곧 어떤 상황인지 깨달았다.

"정말 둘뿐인 거야. 이제는 잡아들일 지구인이 많이 남지 않았다는 뜻이겠지."

세 사람은 허탈하게 서로를 바라보았다. 이렇게 허술한

이들이 두려워서 해왕성까지 잠자코 끌려갔다면 두고두고 원통할 뻔했다.

해산이 두 조종사를 묶고, 안나와 재이가 조종석을 살피는데 모니터의 붉은 버튼이 반짝이며 신호음이 울렸다. 화상 전화였다. 잠시 사라졌던 긴장감이 조종실에 맴돌았다. 안나 일행이 수송선을 장악했다는 사실을 목성 정부가 벌써 알아채서는 안 된다.

안나가 재이에게 눈짓했다. 의미를 알아차린 재이가 두 사람을 다시 조종석에 앉혔다. 그들은 오히려 몸을 묶을 때보다도 격렬하게 저항했다. 자리에 앉은 뒤에도 덜덜 떨면서 안나를 바라보았다.

안나는 그들의 행동이 너무나 의아했다. 어떻게든 통신 기회를 잡아 자신들의 위기를 알리고 싶어 해야 하지 않나? 그들은 안나보다 그 전화를 더 두려워하는 것 같았다.

해산이 조종석 아래에 털썩 앉았다. 재이는 해산의 옆에, 안나는 다른 조종사의 다리 밑에 앉았다. 쏠 생각은 없었지만, 총구를 들어 조종사의 무릎을 툭툭 쳤다. 그리고 입 모양으로 '받아'라고 말했다.

주조종석에 앉은 조종사가 통화 연결 버튼을 눌렀다.

[응답이 늦군요.]

안나의 심장이 덜컹 내려앉았다. 재이와 해산 역시 알아들은 눈치였다. 당연했다. 목성 지도자의 목소리를 잊기는 어려웠다.

10. 임서인

[잡았나요?]

목적어가 없어도 뜻하는 바는 명확했다. 안나는 총구를 조종사의 발에 대고 꾹 눌렀다. 조종석 아래에서 그가 주먹을 말아 쥐었다.

"아직입니다. 죄송합니다."

[보고하세요.]

"아, 네."

조종사들이 허둥거리며 화면을 조작하는 기척이 느껴졌다.

"수배 중인 미성년자들은 찾지 못했고 성인은 두 명 잡았습니다."

조종사들의 목소리는 어느새 평온을 되찾은 듯했다. 아무리 재능 없는 사람이라도 총구 앞에서는 끝내주는 연기자로 돌변하기 마련이다.

[지구 상황은요?]

"지구 거주 성인은 1%도 남지 않았습니다. 미성년도 소수입니다. 대부분 반도국에 모여 있답니다."

안나는 재이가 아랫입술을 꾹 깨무는 모습을 보았다.

[지구인을 최대한 많이 잡는다. 1단계는 아주 단순한 목표였는데도 너무 느려요.]

"더 노력하겠습니다."

[노력하고 계신 줄은 압니다만 2단계 대기 기간이 너무 길면 곤란해요. 그러다 지구에서 번식하기 전에 잡아들여야죠. 모쪼록 최선을 다해 주세요.]

화면이 꺼지고 나서야 두 조종사가 숨을 몰아쉬었다.

"자, 설명을 좀 들어 봐야겠는데?"

해산이 총의 안전장치를 풀자 두 사람이 노골적으로 속았다는 표정을 했다. 그러고는 안나의 총을 흘끔거렸다. 안나는 언제든 쏠 준비가 되어 있는 총을 들어 보였다. 조종사들의 얼굴이 딱딱하게 굳었다.

"1단계는 지구인을 잡는다. 그럼 2단계는 뭐지?"

재이가 눈을 가늘게 뜨며 가늠했다.

"지구인이 많으면 해왕성 개발에 드는 기간이 줄어들겠지. 기초 개발을 마치고 도시 계획을 시작하는 게 2단계인가?"

조종사와 부조종사는 여전히 서로 눈치만 살폈다. 안나가 총구로 부조종사의 발등을 꾹 누르고 방아쇠에 손가락을 걸었다.

"2, 2단계는! 목성에 거주 중인 등록 지구인들을 해왕성으로 보내는 겁니다."

부조종사가 발끝을 바들바들 떨며 털어놓았다.

"결국 지구인들을 한데 모으려는 거야? 왜? 해왕성 개발을 빨리하려고?"

해산이 매섭게 물었다. 비난하는 듯한 조종사의 눈초리에 부조종사가 다시 입을 다물었다. 안나가 부조종사의 발등을 누르던 총으로 그 바로 옆 바닥을 쏘았다. 부조종사의 몸이 뛰는 듯 들썩였다. 안나는 침착하게 다시 발등에 총구를 가져다 댔다. 바닥 다음은 여기라는 뜻이었다. 부조종사가 다급하게 외쳤다.

"장치! 해왕성의 중력 조절 장치를 끈댔어요!"

"뭔 소리야? 팔찌에 개별적으로 달린 걸 어떻게 꺼?"

해산이 진실을 털어놓게 할 준비가 된 주먹을 쥐고 다가섰지만 재이가 말렸다.

"중력 조절 장치요? 메인 장치?"

부조종사는 더 말하지 않았지만 이미 대답한 것이나 마찬가지였다. 재이가 새파랗게 질린 얼굴로 벽을 짚었다. 해산이 무슨 영문인지 모르겠다는 얼굴을 하자, 재이가 떨리는 목소리로 설명했다.

"중력 조절 장치는 몸무게를 줄여 준다고 이해하면 돼. 지구인이 해왕성이나 목성처럼 지구보다 중력이 큰 행성에서 살려면, 몸무게를 줄여야 하는 거야."

행성의 중력을 바꿀 수는 없으니 거기에 맞게 인간의 무게를 조절한다. 이 정도는 안나도 이해했다.

"각 행성에는 그 중력 조절 장치를 조절하는 메인 장치가 있어. 그런데 그걸 끄면……."

재이가 말을 채 잇지 못하자 해산이 중얼거렸다.

"지구인은 걸을 수도 없겠네."

"노역장 감독관들에게 총알만 충분하다면 지구인은 달아나지도 못하고 죽을 거야."

충격에 빠진 재이 대신 해산이 조종사들에게 따져 물었다.

"그럼 해왕성 개발은 누가 하고? 개발도 가짜야? 해왕성은 노역장이 아니라 지구인들을 몰아넣으려는 함정이냐고!"

아니, 개발은 사실이다. 안나의 머릿속이 빠르게 움직였다. 분류소는 목성 정부의 지원을 받는 곳이다. 미성년들을 해왕성에 직접 보내지 않더라도, 소장이 다루는 공문서를 통해서 해왕성 개발에 관련한 정보들을 접할 수 있었다. 대체 왜 개발에 꼭 필요한 지구인들을 죽인다는 계획을 세운 것일까? 안나의 경험상 목성 정부는 절대 손해 보는 일은 하지 않았다. 뭔가 더 있다는 의심을 지울 수 없었다.

안나가 물었다.

"대체 이유가 뭐죠? 지구인의 노동력이 사라지면 목성에게는 손해 아닌가요?"

[왜냐하면 말입니다.]

날벼락 같은 목소리에 모두의 눈길이 한쪽으로 쏠렸다. 화면에 임서인의 얼굴이 떠올랐다.

[왜냐하면.]

임서인이 집중해 달라는 듯이 부드럽게 손을 흔들었다.

[목성이 충분히 자동화되었기 때문입니다. 이제 목성인의 수도 많이 늘었습니다. 너무 많죠. 여러분은 기억하지 못하겠지만 지구가 딱 그랬어요. 개체 수가 너무 많아서 결국은

무너졌죠. 그래서 우린 수를 줄이려는 거예요.]

세 사람은 한 마디도 하지 못했다. 임서인은 너무나도 당연하다는 듯 말하고 있었다.

[해왕성을 개발하는 건 사실입니다. 지구인들은 거기에 새 도시를 완성하는 업적을 이루고 완전히 사라지는 거예요. 역사의 일부분이 되는 거죠.]

"완전히 사라진다니? 맞서 싸우는 사람들이 있는데 당신들이 무슨 수로 지구인을 멸종시켜?"

재이가 쏘아붙였다.

[맞서 싸운다……. 그래서 지구인의 세대 교체를 서두르는 거예요. 자유로운 지구를 기억하는 1세대 지구인을 멸종시키고 나면 모든 것이 자연스러워집니다. 지구의 아이들은 목성에 와서 지금처럼 복종을 학습하게 될 겁니다. 아이들은 빨리 배우거든요.]

임서인이 대답했다. 안나는 본능적으로 표정을 숨겼다. 가니메데 기숙학교의 지구인 아이들은 복종을 배우지 않았다. 자유를 지키겠다고 도망쳤다. 그들을 받아 주겠다는 방위군도 남아 있다고 했다. 하지만 임서인은 그 사실을 아직 모르는 것이다.

[한 가지 제안을 하죠.]

임서인이 두 손끝을 가볍게 모아서 턱에 대었다.

[나와 거래하겠어요?]

목성 지도자의 까만 눈이 정확히 안나를 바라보고 있었다. 안나가 침을 꿀꺽 삼켰다. 해산과 재이가 눈을 휘둥그레 떴다.

[여러분에게 팔찌를 지급하고 도심에 살 곳을 마련해 드리겠습니다. 원한다면 일자리도 보장하죠. 아끼는 지구인 두셋쯤은 데려와도 좋습니다.]

"조건은요?"

재이와 해산이 놀란 눈으로 안나를 바라보았다. 지구인의 몰살을 말하는 자와 거래하려는 안나를 탓하는 듯했다. 하지만 안나는 침착했다. 임서인은 안나의 대답을 예상했다는 듯 인자하게 미소 지었다.

[아무에게도 해왕성 계획을 알리지 마세요. 종족이 같을 뿐 얼굴도 모르는 사람들을 그냥 사라지도록 내버려두라는 겁니다. 어렵지는 않죠?]

"그렇게 해서라도 우리를 살려 두려는 이유는?"

[어차피 지구의 미성년들은 앞으로도 목성에서 살아가야 해요. 그들에게는 믿고 따를 지구인이 필요하죠. 정작 한 번도 보호받지 못했으면서, 여러분은 그들을 지키려고 해요.

하지만 당신들에게는 힘이 없죠. 그러니까 나는 여러분에게 아이들을 지킬 기회를 주려는 겁니다.]

"대체 왜 그렇게 지구인들을 싫어하는 거야? 전부 없어져야 할 정도로 우리가 무슨 잘못이라도 했어?"

해산이 분노에 차서 물었다.

[공익을 위해서죠.]

안나는 귀를 의심했다. 공익이라고?

[지배자와 지배받는 자가 명확하게 나뉠수록 세상은 평화로웠습니다. 지구도 그랬답니다. 강한 자가 약한 자를 지배했어요. 이제 세상이 조금 더 넓어졌을 뿐입니다. 우주라는 광활한 세계에서 목성은 지구를 지배했어요. 목성이 더 강하니까. 이제 자기 처지를 벗어나고 싶다는 괜한 희망은 희생을 낳을 뿐이에요. 이렇게 많은 지구인을 죽이다니, 나라고 마음이 편하기만 한 건 아닙니다. 다만 모두에게 더 나은 방법이 있다면, 지도자는 때로 어려운 결정을 해야 한답니다.]

임서인은 놀랍게도 정말 마음이 불편한 표정이었다.

[자, 그럼 생각해 보세요. 적어도 한 사람쯤은 내 제안에 관심이 있으리라고 생각합니다.]

임서인이 말을 끝내려는 기색이자 주조종사가 살려 달라

고 외치며 몸부림치기 시작했다. 그런 그를 해산이 제압하는 순간에도 임서인의 표정에는 변화가 없었다. 안나는 조종사들에게 겨누었던 총을 늘어뜨렸다. 임서인은 인질을 살릴 생각이 없는 것이다.

[그들을 오해하지는 마세요. 어차피 언제나 감시당하고 있었으니까.]

임서인의 손이 정중하게 안나를 가리켰다.

[여러분이 현명한 선택을 하시기를 바랍니다.]

통신이 끊겼다. 조종사들은 자포자기한 듯 고개를 숙였다. 더는 저항할 생각도 없는 듯했다. 부조종사는 이럴 줄 알았다는 듯 사과인지 변명인지 모를 말을 해산에게 늘어놓고 있었다.

재이가 조종실 안을 초조하게 왔다 갔다 하며 말했다.

"누구에게 알려야 하지? 우선 대피소에⋯⋯. 아니, 재영테크에 연락해서 목성 전체에 알려야겠어. 모든 목성인이 같은 생각은 아닐 거야. 분명히⋯⋯."

"지구인 편을 들 거라고?"

안나가 중얼거렸다.

"목성인들이랑은 상관없는 일이잖아. 매일 지구인들이 잡혀가고 착취당한다는 걸 알면서도 자기 자리에서 잘만 사는 사람들인데. 포로들을 죽일 예정이라고 해서 갑자기 우리 편을 들어줄 리가 없어."

"그래도 하는 데까지는 해 봐야지."

"지금 우리에게는 맞서 싸울 사람도, 힘도 없어."

재이가 부글부글 끓는 목소리로 안나에게 물었다.

"그럼 임서인의 제안을 받아들이기라도 하겠다는 거야?"

안나는 고개를 저었다.

"아니, 우선 내가 할 수 있는 일을 해야지."

"그게 뭔데?"

재이와 해산을 지구로 돌려보내는 것. 하지만 이들은 순순히 떠나려 하지 않을 것이다. 돌아간다 해도 살아남을 수 없다. 안나가 제안했다.

"이제 팔찌를 나눠 주는 건 소용없어. 방위군을 찾으러 가기도 늦었지. 가능한 한 많은 지구인들이 대피하도록 도와야 해."

안나가 목성의 도심 쪽으로 항로를 바꾸었다.

"목성으로 간다고?"

"외곽에 있는 지구인들을 빼내는 게 최우선 아닐까? 지켜야 할 사람들이 너무 흩어져 있어선 안 돼. 일단은 모아야 해. 또 어디에 지구인이 있지?"

한참 둘의 대화를 듣던 해산이 물었다.

"가니메데에 있는 사람들은?"

"가니메데에는 목성 도심을 오가는 통근용 셔틀이 있어."

안나와 해산이 재이를 바라보았다. 어느새 흥분을 가라앉힌 재이가 침착하게 말을 이었다.

"통근용 셔틀은 목성 정부와의 연결을 끊기만 하면 수동으로 조종할 수 있어. 그럼 사람들은 그걸 타고 탈출할 수 있지. 그 사실을 알릴 수만 있다면."

누구에게 알려야 원하는 사람들이 모두 도망칠 수 있을까? 대피소에 숨은 사람들은 물론, 그 대피소를 만들었으면서 목성인들에게 숨죽이고 살아가는 지구인들까지……. 안나의 머릿속에 한 사람이 떠올랐다.

"방법이 있어."

"그게 누군데?"

"가니메데 복지원 원장."

"이미 대피소에 계시잖아?"

"내가 개인 기기의 통신 코드를 알아."

재이가 안나를 새삼스러운 눈으로 보았다. 안나는 그 눈길을 피했다. 재이는 더 묻지 않았다.

두 사람은 원장에게 통근용 셔틀과 목성 정부 사이의 연결을 끊는 법, 수송선의 대략적인 위치, 그리고 자신들이 알게 된 현재의 상황을 알렸다.

"전부 수송선에 태울 수 있을까?"

해산의 질문에 안나는 대답하지 못했다. 어쩌면 따로 도망치는 게 더 안전할지도 모른다. 하지만 그들을 그대로 둘 수도 없었다. 안나는 복잡한 심정으로 조종간만을 바라보았다.

11. 동쪽 대장

해산과 안나는 두 조종사를 지하실로 데려갔다. 나가지 않겠다고 버티던 여자는 그 자리에 그대로 앉아 있다가, 네 사람이 들어서자 벌떡 일어났다.

"너희가 정말 여길 점령한 거야?"

해산이 조종사들의 팔찌를 압수하는 사이, 안나는 여자에게 대답했다.

"운이 좋았어요."

"너희는 다 괜찮은 거야?"

안나는 대답하지 못했다. 사실은, 이 모든 일이 하나의 함정이라는 생각이 들었다. 셋 중 한 명이라도 변심하면 지구인 구조 계획은 망칠 수밖에 없었다. 임서인은 왜 거래를 제안했을까? 왜 지구인들을 없애려고 할까?

'단지 지구인들이 더 이상 필요하지 않다는 이유만으로 비효율적인 몰살을 진행할 리는 없어.'

임서인이 이 의미 없는 제안을 하는 다른 이유가 분명히 있었다. 안나는 점점 커지는 의심을 숨기고 대답했다.

"우린 괜찮아요. 나올 거예요?"

그는 대답을 망설였다. 도망칠 수 있지만 도망칠 필요를 느끼지 못하는 얼굴이었다.

"수송선은 우리가 점령했지만 언제 다시 충돌할지 몰라요. 나가시는 게 좋겠어요. 격납고에서 우주선을 하나 가져가세요. 목성에서 여길 경계할지 모르니까 가니메데 뒤편으로 돌아가는 게 나을 거예요."

여자가 비틀대며 자리에서 일어나 문밖으로 나갔다. 밝은 곳에서 제대로 본 그는 낯익은 지구 방위군 차림이었다. 안나는 조금 놀랐다. 하지만 아는 척하지 않았다. 그도 안나처럼 과거를 잊고 싶은지도 몰랐다.

조종실로 돌아가는 길에 해산이 아까 빼앗은 팔찌를 건네며 넌지시 말했다.

"배웅하고 싶으면 다녀와."

"내가?"

"아는 사이 아니야? 저 사람, 동쪽 방위군 대장이잖아."

"아, 그래?"

동쪽 방위군 대장이라면 서로의 주둔지로 향하는 경비정을 발견하면 대비하라고 연락해 주던 사이다. 우울한 우주 난민이 되어 버린 그의 모습이 안나의 머릿속에 흐릿하게 남은 지구 방위군과 겹쳐졌다.

"못 알아봤네."

안나가 중얼거리자 해산이 킥킥 웃었다. 지구에서의 일을 이야기하려니 추억이 새록새록 떠오르는 모양이었다.

"너는 어디 소속이었어?"

"주로 서쪽에서 연구를 했어."

"뭐 하다가 잡혀 왔는데?"

"거리 제한 없는 음성 통신 장치를 개발한다고 경비정에 접근했다가 끌려왔지. 언젠가 공군을 만들면 필요할 거라고 생각했거든. 저 대장은 가끔 심부름 가면 만났는데, 아까 불이 켜졌을 때는 정말 놀랐어."

조종실에서는 재이가 격납고 화면을 띄워 놓고 동쪽 대장을 지켜보고 있었다. 동쪽 대장은 우주선에 타자마자 조종실로 통신을 연결했다.

[점령자들아, 지하에 방이 하나 더 있는 거 알아?]

재이가 수송선의 구조도를 화면에 띄웠다. 지하에는 자신들이 갇혀 있던 방 말고도 한 개의 공간이 더 있었다.

"몰랐어요."

[거기에 누가 잡혀 오는 소리를 들은 거 같아. 한번 확인해 봐.]

"네. 감사합니다."

[그리고, 그, 저기야.]

동쪽 대장은 안나를 알아본 모양이었다. 정체를 숨겨 주려고 어색한 호칭을 선택한 듯했다. 해산이 웃음을 꾹 참았다. 재이는 당황한 표정이었다.

[나는 지구로 돌아갈 생각이야.]

의외의 대답이었다. 지친 목소리로 어디로 가나 똑같다던 사람의 행선지가 지구라니.

[혹시 모르지. 어린애 셋이서 수송선을 무너뜨리는 것 같은 일이, 또 한 번 일어날지.]

수송선을 빼앗고 처음으로 재이와 해산의 얼굴에 웃음이 어렸다.

[그러니까 너도 언제든 돌아와. 너는 정의로운 색이 잘 받거든.]

안나는 목이 막히는 기분이었다. 간신히 대답을 끄집어내야 했다.

"조심히 돌아가세요."

[오냐.]

안나가 인사를 마치자 해산과 재이의 시선이 찐득하게 따라붙었다.

"지하실에 가 봐야겠어."

안나는 도망치듯이 조종실을 벗어났다. 아직도 자신을 보며 정의를 떠올리는 사람들이 있다. 정작 안나는 방위군에 합류한 순간부터 사냥꾼에게 손목을 내밀 때까지, 늘 자기가 바라는 대로 했을 뿐이다. 모두가 안나에게 정의로운 사람이라고 말한다. 숨이 막히고, 가슴이 터져 버릴 것 같았다.

안나는 생각을 멈추고 걸음을 재촉했다. 동쪽 대장이 말한 방으로 향했다. 거기 갇힌 게 목성인 죄수라면 풀어 줄 이유는 없지만, 정체를 확인해 둘 필요는 있었다.

안나는 동그란 창문으로 우선 방을 들여다보았다. 조금 더 기웃대자, 갑자기 쾅! 소리와 함께 손바닥이 창문을 덮었다. 안나는 놀라서 저도 모르게 비명을 질렀다. 들고 나온 무전기가 눌리는 바람에, 비명 소리를 들은 조종실의 해산이 다급하게 안나를 불렀다.

"무슨 일 있어?"

"해산아, 재이한테 이거 열라고 해."

조금 뒤 잠금 장치가 풀렸다. 안나는 경계를 늦추지 않으며 문을 벌컥 열었다. 어두운 방에서 한 사람이 비틀비틀 걸어 나왔다. 핏자국에 흙먼지가 붙어서 처참한 몰골의 그는 분류소 소장이었다. 소장은 안나의 어깨로 푹 쓰러졌다.

"야, 너 무슨 짓을 하고 다닌 거야. 나까지 체포됐잖아."

소장이 힘없이 웃으며, 생채기 가득한 팔을 들어서 안나의 등을 토닥였다. 안나는 울음을 터트리고 말았다. 차곡차곡 쌓였던 무언가가 가슴을 찢고 줄줄 흘러나왔다. 소장이 토닥이는 손을 멈추지 않아서 안나의 눈물도 그치지 않았다.

12. 목성인

 안나는 소장을 부축해 조종실로 돌아갔다. 생명에 지장은 없어 보였다. 한숨을 돌리고 자리에 앉으려다 바지 주머니에 만져지는 무언가를 꺼냈다. 조종사들에게서 빼앗은 팔찌였다.

 "잘됐다. 목성인 팔찌는 여러모로 도움이 될 거야."

 재이가 손을 내밀었다.

 "분해해 보게?"

 안나는 그렇게 물으며 팔찌를 건넸다. 재이가 고개를 끄덕였다.

 "여기는 장비도 있으니까, 우리한테 맞게 설정할 수 있을 거 같아. 우리가 주황 팔찌를 차고 있으면 공격하기 전에 1초라도 망설이겠지?"

"내가 열어 줄까?"

해산은 씩 웃으면서 총을 꺼냈다.

"너 뭐 하려고……."

재이가 미처 말리기도 전에 해산이 팔찌를 낚아채어 총으로 내리쳤다. 팔찌 뚜껑이 산산이 부서졌다.

"아, 속이 다 시원하다. 목성인들이 팔찌로 유세 부릴 때마다 부숴 버리고 싶었거든."

해산이 어깨를 쭉 폈다. 재이가 고개를 절레절레 젓고 팔찌를 집어 들었다. 주황색 조각들이 우수수 떨어졌다. 해산은 기념으로 간직하겠다며 한 조각을 집어 들었다.

"이렇게 보니까 예쁘기만 한데."

안나도 덩달아 한 조각을 주웠다. 하긴 팔찌에게는 잘못이 없었다. 팔찌 색깔로 서로를 차별하고 억누르는 존재들이 잘못이지. 안나가 얕은 한숨을 쉬고 돌아보니 재이의 표정이 심상치 않았다.

"왜 그래?"

재이는 믿을 수 없다는 듯이 말했다.

"똑같아."

해산이 인상을 구기며 물었다.

"무슨 소리야? 알아듣게 말해."

재이는 대답하지 않고 급히 자기 팔찌를 열어 구슬을 분리했다. 그리고 얼빠진 목소리로 다시 말했다.

"지구인 팔찌랑 목성인 팔찌에 똑같은 중력 조절 장치가 들어 있다고."

해산이 이해할 수 없다는 듯 말했다.

"그게 뭐? 목성인에게도 중력 조절 장치가 필요하잖아. 해왕성에도 가야 하고."

"장치에 입력된 중력 수치가 똑같아."

"그럼 목성인이랑 지구인이 감당할 수 있는 중력이 똑같다는 거야?"

"서로 다른 행성에서 수천 년 동안 살아온 종족이야. 그럴 수는 없어. 그건 지구인이 사실은 목성인이었다는 거나 마찬가지라고."

그 대화를 듣는 안나의 귓속에 경고음이 들리는 듯했다. 미끈미끈한 결론이 혼란스러운 머릿속을 쏜살같이 헤엄치는데 섣불리 말을 꺼낼 수 없었다. 안나가 가까스로 물었다.

"그 반대일 수도 있을까?"

재이가 입을 다물고 머리를 감쌌다.

"그게 무슨 소리야?"

의아해하는 해산에게 안나가 되물었다.

"목성인은 어떻게 생겼지?"

"체구는 지구인보다 몇 배 크고, 목성의 폭풍을 이기기 위해 눈, 코, 입은 상당히 작고……."

"너, 목성인 얼굴 실제로 본 적 있어?"

"없지, 목성인들은 날 때부터 뉴스킨을 켜고 살잖아……."

해산의 목소리가 점점 작아졌다. 안나가 무슨 말을 하려는지 깨달은 것이다. 안나가 해산에게 고개를 끄덕였다.

"목성인 같은 건 없었던 거야."

"말도 안 돼. 목성에 지구인이 살 수 있게 된 건, 지하 도시의 목성 토착민이 도와준 덕분이라고 했어."

반박하는 해산을 보며 안나는 오히려 수십 년 전의 비밀을 깨달을 수 있었다. 아와디와 아이들이 숨어 살던 지하 도시가 떠올랐다. 지구의 피난민촌과 너무나 비슷하던 집들, 팔찌 없이도 자유롭던 아이들.

"폐쇄된 지하 도시에 외곽의 지구인들이 숨긴 아이들이 살아. 팔찌도 없이 지하여서 중력의 영향을 안 받는 줄 알았는데 그게 아니었어. 페니키아는 폭발하지 않았던 거야."

"그게 어떻게 가능해?"

"가능하지. 목성이 처음부터 지구인이 살 수 있는 환경이었다면. 그들은 무사히 도착했고, 계획대로 문명을 만들고 토착민 행세를 한 거지. 폐차장에서 본 페니키아, 기억나? 폭발했다가 복원했다기에는 너무 깨끗했어."

"그렇다고 목성을 자기들 걸로 만드는 게 가능해?"

반박하는 해산에게 재이가 말했다.

"페니키아호는 새로운 행성을 찾으면 정착할 수 있도록, 만반의 준비를 하고 떠났으니까. 그때 지구가 가진 모든 기술력이 총동원되었지."

조종실에 침묵이 흘렀다. 얼마 뒤 재이가 허탈한 듯 중얼거렸다.

"어떻게 같은 지구인을 팔아넘길 수가 있지?"

안나는 벽에 기대어 그 말을 곱씹었다. 분류소에서 자주 듣던 말이다. 그렇게 묻는 아이들에게 안나는 뭐라고 대답했더라? 그냥 받아들이라고, 조용히 분류되라고 했던 것 같다. 목성인과 지구인은 다르니까 반항하지 말고 목숨이나 잘 챙기라고. 그런데 목성인 같은 건 존재하지도 않았다고?

그때 해산이 재이에게 날카롭게 쏘아붙였다.

"지구인이 아니면 괜찮고?"

재이가 혼란스러운 눈을 들어 해산을 마주보았다.

"지구인이 지구인을 사냥하는 거나, 목성인이 지구인을 사냥하는 거나 똑같아. 그걸 지켜보고 있던 사람들도 똑같지."

재이가 변명하듯 중얼거렸다.

"처음 목성에 이주한 지구인들은 거의 다 죽었어. 지금 목성에 사는 사람들은 스스로를 목성인으로 알고 살아 온 사람들이 대부분이야. 다들 자기 정체도 모르고 있다고."

"그럼 지구인 아이들은?"

재이와 해산이 말다툼을 멈추고, 불쑥 끼어든 안나를 바라보았다.

"목성에서 태어난 지구인 아이들은 지하 도시에 숨겨진 채로 살아. 그 애들은 날 때부터 자기가 지구인인 걸 알고 있는데, 당연히 숨어 살아야 한다고 생각하지."

그렇게 말하며 안나는 임서인의 무리한 말살 계획을 비로소 이해했다.

"임서인은 그래서 지구인들을 전부 죽이려는 거야. 한 번이라도 자유롭게 살아 본 지구인들을 없애고, 엎드리는 걸 배운 아이들만 남기려는 거지."

재이의 얼굴은 충격에서 분노로, 그리고 절망으로 직행하고 있었다. 이제껏 분노하고 원망하던 대상인 목성인이 없다니, 미워할 대상을 잃고 혼란스러워하는 것이다. 그 얼굴을 보자 안나는 오히려 정신이 번쩍 들었다. 안나는 스스로에게 물었다.

'어떻게 하고 싶어? 어떻게 해야 후회하지 않겠어?'

안나는 눈을 꼭 감았다 떴다. 그리고 결연하게 말했다.

"하지만 우리는 진실을 알지."

안나의 입에서 단호한 말이 쏟아져 나왔다. 소장이 무슨 소리냐는 듯 안나의 팔을 잡았지만, 이미 돌아가기 시작한 머리는 멈추지 않았다.

"한번 소문을 내 보자. 임서인의 대량 학살 계획에 모든 목성인이 사실 지구인이라는 사실이 합쳐진다면 상황이 바뀔 수도 있어."

그런데 소장이 안나를 막아섰다.

"어린애 같은 소리 하지 마. 임서인에게 협력하는 게 더 나을지도 몰라. 진실을 밝히면 뭐가 달라져? 어차피 같은 지구인들끼리 살아도 권력자가 되는 건 소수일 뿐이야. 그럴 거라면 권력자가 되는 게 훨씬 낫잖아."

안나는 새삼 충격을 받았다. 평소에도 소장은 자신과 닮은꼴이라는 생각을 자주 했다. 무슨 일이 일어나도 세상은 변하지 않으니, 개인이 거기에 맞추어 살아야 한다고 했다.

하지만 이제 안나의 생각은 달랐다.

"그럴 수는 없어요. 우리가 지금 입을 다물어 버리면 진실은 영원히 묻혀요. 이미 1세대들이 그렇게 죽어 버렸죠. 그 대가로 우리는 서로를 팔아넘기고 있고요. 지금 우리가 밝히지 않으면 나중에는 서로가 서로를 지배하고 지배받는 게 당연하다고 여기게 될 거예요."

소장은 낯설다는 얼굴로 안나를 보았다. 안나는 힘을 내서 말을 이었다.

"우리가 한 일은 틀렸어요."

조금 더 나은 데로 보낸다고, 여기보다 거기가 나을 거라고 애써 눈을 가렸을 뿐이다. 주어진 현실은 바꿀 수 없으니, 더 많이 살아남게 하는 방법을 찾는 거라고 스스로를 세뇌했을 뿐이다. 하지만 그 방법이 틀렸다는 걸 안나는 보았다.

"그러니까 지금이라도 그만둬야 해요. 그만두자고 말해야 해요."

안나는 살갗을 울리는 전율을 느꼈다. 익숙했다. 침공선에 총을 쏘던 어린 대장으로 돌아간 기분이었다.

"맞는 말이야."

재이가 조종석에서 폴짝 내려왔다. 눈동자가 다시 생기로 반짝였다.

"임서인이 함부로 거래를 제안했을 리 없어. 이 사실이 알려지면 정말 위험할 거라고 생각한다는 거야."

"너희 전부 진심이야? 모든 권력층은 임서인의 편이야. 그 사람들이 높은 자리에 있는 이유는 지구인을 잘 굴려 먹었기 때문이라고. 진실을 밝히겠다고 나서면 임서인을 돕지, 너희를 도울 것 같아? 마음만 먹으면 너희 셋 정도 죽이는 건 일도 아니야. 알아?"

소장이 속사포처럼 반박의 말을 쏟아냈다.

"안 그럴지도 모르잖아요."

재이가 힘주어 말했다.

"누군가는 사과할지도 모르잖아요. 죄책감을 느낄 수도 있잖아요."

소장이 믿을 수 없다는 듯한 얼굴로 안나를 보았다. 정말 순진한 소리였다. 현실적으로 불가능한 싸움이라는 것도 알았다. 하지만 저런 믿음이 재이를 움직이고, 안나를 움직였다. 분류소에서 안나는 이런 말을 듣고 싶었는지도 모른다. 안나가 말했다.

"최소한 분열은 일으킬 수 있겠죠. 세상 사람들이 다 똑같은 건 아니니까."

소장은 포기한다는 듯이 양손을 들어 올렸다. 해산이 생각에 잠긴 듯 귓불을 만지작대다가 불쑥 말했다.

"난 재이랑은 생각이 달라."

재이와 안나가 놀란 듯 해산을 바라보았다.

"목성인들은 지구인을 착취해 왔어. 처음엔 목성에 살게 해 주니까 지배해도 된다고 생각했겠지. 지금은 지구인은 일하고 자기들은 편하게 사는 걸 당연하다고 여기잖아. 이제 와서 진실을 말해 준다고 자기들이 가진 걸 포기하려고 할까?"

늘 긍정적인 목소리를 내던 해산의 날카로운 말에 재이마저 말을 잃었다.

"우리가 진실을 알려야 하는 대상은 목성인들이 아니라 지구인들이야. 중력이 무서워서 팔찌를 못 끊는 거잖아? 끊어도 아무 문제 없다고 알려 줘야지. 도망쳐도 된다고 말해 줘야 돼."

안나가 고개를 끄덕였다.

"둘 다 일리가 있어. 균열은 어디서든 생길 수 있어. 분류소에서 지구인을 팔아넘기던 내가 지금 뭘 하고 있는지 봐."

안나의 자조 섞인 웃음에 해산과 재이 사이에 흐르던 팽팽한 긴장감이 누그러졌다.

"게다가 임서인은 미성년 지구인들을 전혀 고려하지 않았어. 이미 목성에 들어와 있는 미성년들이 모두 모이면 어떻게 될까. 거기에 해왕성의 포로들을 구출하고, 가니메데의 지구인들까지 한곳에 모으면?"

목성인은 수가 적었다. 온갖 기술과 규칙으로 지구인들을 옭아맸지만, 권력과 부를 떼어 놓고 보면 한 줌의 사람들일 뿐이었다. 재이가 그다음 수를 내놓았다.

"해왕성에 경보 발령 장치가 있어. 그거면 한 번에 모두에게 알릴 수 있어."

"경보 발령 장치?"

"현상 수배랑 폭풍 경보를 보내는 장치야. 재난 예고용."

재이의 눈이 다시 반짝였다.

"어차피 포로들을 구출해 낼 정도로 해왕성을 장악한다면, 경보 발령 장치에 손을 댈 수 있을 거야."

"어떤 경보를 발령할 건데? 설명이라도 할 거야?"

"경보가 아니라 모든 뉴스킨을 멈추는 신호를 보내면 어때?"

안나의 질문에 재이가 눈을 번뜩였다. 해산이 속이 시원하다는 듯이 바닥을 쳤다.

"그거다. 뉴스킨을 전부 꺼 버리면, 자기들의 원래 모습도 지구인이라는 걸 알게 될 거야."

이후로는 일사천리였다. 쇳덩이와 전선을 가득 안은 채 비품실로 들어간 재이는 전선이 줄줄이 달린 네모난 상자를 들고 나타났다.

"이게 신호 발생기야."

"정말 모든 뉴스킨을 끌 수 있다고?"

"해왕성 경보기에 연결할 수만 있으면. 경보기 후면 단자에 이 전선들을 꽂을 거야. 같은 색깔끼리 맞추면 돼. 걱정 마, 실수하지 않을 테니까."

기어이 뉴스킨을 무력화하는 신호 발생기를 만들어 내다니. 재영테크가 왜 재이를 끈질기게 되찾으려고 했는지 알 것 같았다. 안나는 재이의 말을 속으로 되뇌었다. 후면 단자, 같은 색의 전선. 아마 전선을 꽂는 사람은 안나가 될 확률이 높았다. 재이는 자기 일이라고 생각하는 것 같지만, 재이를 해왕성에 들여보낼 수는 없었다. 총도 잡지 못하는 사람을 현장에 집어넣는 건 어디까지나 최후의 수단이었다.

문제는 목성에 도착하고 나서 생겼다. 파란 호수 빛이 닿는 도심 지역과 어두컴컴한 외곽 지역 사이에 바리케이드가 서 있었다.

13. 페니키아

 레이더 한쪽에 목성이 잡혔을 때쯤, 조종석 모니터에 팝업창이 나타났다. 창을 들여다보는 안나의 표정이 심각했다. 조종간을 잡은 재이가 걱정스러운 투로 물었다.
"무슨 일이야?"
"외곽을 정리한대. 대대적인 미등록 지구인 단속."
"갑자기 왜?"
"우리가 비밀을 지킬 거라는 기대도 하지 않았던 거야. 우리가 사실을 알린대도 지구인들이 아무것도 하지 못하도록 통제하는 거지."
 어쩌면 안나 일행이 외곽의 지구인들을 구하러 올 것까지

예상했는지 모른다. 서둘러야 했다.

수송선을 점령한 사실을 들켜 버렸으니 목성까지 타고 갈 수는 없었다. 해산에게 조종을 맡기고, 안나와 재이는 격납고에서 가장 낡은 경비정을 골랐다.

[앞에 보이는 서랍에 우주복이 있어. 지금 입어 둬.]

해산이 통신으로 말했다. 노란 캡슐을 양쪽으로 잡아당겨 분리하자, 미끈한 우주복이 손가락을 타고 기어올라서 온몸에 씌워졌다.

목성 호수 한가운데에서 두 사람이 내린 뒤, 경비정은 자율 주행으로 목성 주정차 지역에 진입할 예정이다.

"여기가 확실하지?"

"맞아. 아마도."

아와디가 알려 준 비상구는 진입하기 쉽지 않았다. 하지만 지금은 다른 방법이 없었다.

"너 방금 '아마도'라고 했어?"

재이가 눈을 부릅뜨고 말했다. 안나는 대답하는 대신, 긴장해서 온 관절을 꺾어 대는 재이의 손을 붙잡았다.

"가만히 좀 있어."

집중해야 하는데 정신이 사나워서 지켜볼 수가 없었다. 안나도 지구에서는 항상 집중해야 할 일이 많아서 신경질적인 편이었다. 목성 분류소에 와서는, 주변에 관심을 가지지 않아야만 버틸 수 있었기에 느긋해 보였을 뿐이다. 재이는 낯선 사람을 보듯이 안나를 쳐다보았다.

"원래 성격이야?"

"그런 편이지."

두 사람이 대화하는 중에도 경비정의 고도는 낮아지고 있었다. 수면이 점점 가까워졌다. 우주복 덕분에 숨을 참지는 않아도 되지만, 긴장해서 손바닥이 축축해졌다.

안나는 심호흡을 했다.

'차라리 총을 드는 게 나았어.'

외계 생물로 가득한 호수에 뛰어들어서 비상구를 찾을 수 있을까. 안나는 새카만 호수 속에서 익사하는 자신을 상상하지 않으려고 애썼다.

"셋!"

하나와 둘은 어디에 버렸는지 그렇게 외친 재이가 펄쩍 뛰어내렸다. 안나는 재이를 따라 무작정 몸을 앞으로 내밀었다. 무게 중심이 기울고, 기울고, 기울더니 머리가 아래로 휙 쏠렸다. 수면과 충돌하는 순간 안나는 반사적으로 몸을 웅크렸다.

다행히도 목성 호수는 수면 아래가 환히 보였다. 무언가가 비늘을 반짝이면서 안나의 손바닥을 스치고 지나갔다. 재이는 호수 바닥을 눈으로 훑었다. 틈. 안나가 추측한 대로라면 이 주변에 있을 것이다. 그때 재이가 손짓했다. 바위와 바위가 만나는 사이, 흙이 한 방향으로 쏠린 자국이 보였다.

안나는 그 틈에 손을 밀어 넣어서 바닥을 허물어트렸다. 재이도 합세했다. 좁은 틈은 금세 원통 모양으로 무너졌다. 그러자 작은 통로가 모습을 드러냈다. 안나가 앞장서서 통로로 진입했다.

안으로 들어갈수록 통로에 가득 찼던 물이 줄어들었다. 기듯이 헤엄치던 두 사람이 어느새 두 발로 걸을 수 있게 되었을 때쯤, 막다른 곳이 나타났다. 통로 바닥에 커다란 맨홀 뚜껑이 있었다. 안나는 장갑의 딱딱한 부분으로 그 뚜껑을 두들겼다. 아와디가 가르쳐 준 박자로.

똑도독, 똑똑.

아무 기척이 없었다. 불안한 마음으로 다시 한번 두드렸다. 똑도독, 똑똑.

조금 뒤 맨홀 뚜껑이 요란한 파열음을 내며 돌아가기 시작했다. 다음 순간 안나와 재이는 파란 물이 고인 샘에 고꾸라졌다. 두 사람의 머리 위로 호수 물이 와르르 쏟아졌다. 물이 멈추고 헬멧을 벗자마자 안나는 아와디를 발견했다. 아와디의 주변에는 굉음에 놀란 아이들이 몰려 있었다.

안나와 눈이 마주치자 아와디가 할 말을 잃은 얼굴로 다가와서 손을 내밀었다.

"문을 두드리라고 했잖아."

"결국 열어 줬잖아. 알아들어 줘서 고마워."

안나는 앓는 소리를 내면서 자리에서 일어났다.

"무슨 일이야?"

아와디가 물었다. 재이와 안나는 번갈아 가며 목성의 비밀과 팔찌에 숨어 있던 음모를 설명했다.

"그래서 우리는 최대한 많은 지구인을 모으려고 해. 물론 위험하겠지만……."

안나의 말이 끝나기도 전에 아와디가 대답했다.

"좋아. 너희를 따라갈게. 어차피 외곽 정리가 시작됐어. 또 사냥당할 순 없어."

그때 지상에서 무언가 충돌하는 소리가 들렸다. 아이들은 일제히 위를 올려다보았다.

"일단 여기서 나가자. 시간을 지체하면 안 돼."

"그런데 어떻게 빠져나가지? 지상엔 등록 요원들이 몰려와 있을 거야."

안나가 재이 쪽을 바라보며 고개를 끄덕였다. 재이가 아와디에게 눈인사를 건네며 말했다.

"폐차장으로 가자. 거기 아직 움직이는 우주선을 알아. 그걸 타고 수송선에서 기다리는 사람들을 만나야 해."

그것이 재이가 한밤중 폐차장에 왔던 이유였다. 이곳에는 만일을 위해 재이와 해산이 눈여겨봐 둔 낡은 우주선이 있었다. 아와디가 허공에 떠 있는 지도를 보듯이 손가락을 한두 번 휙휙 저었다.

"폐차장으로 가는 건 어렵지 않지. 우린 땅 밑에는 자신 있거든."

하긴 지구에서 살아남은 아이들도, 날 때부터 숨어 지낸 아이들도 도망치는 데에는 선수일 것이다. 아와디는 꼬불꼬불한 땅굴에서 익숙하게 방향을 틀어 가면서 뛰었다. 수백 명의 지구인 아이들이 뒤를 따랐다.

아와디는 틈새로 빛이 희미하게 새어드는 맨홀 아래에서 발을 멈췄다. 재이가 올 거라고, 아와디가 안나를 설득하던 그곳이다. 아와디가 수신호를 하자 아이들이 금세 여러 무리로 나뉘었다. 조금 큰 아이 주변으로 더 어린 아이들 몇이 모인 듯했다. 비상시를 대비한 조를 미리 짜 둔 거다.

"여기로 나가면 바로 폐차장 한복판이야. 조끼리 떨어지지 말고 큰 우주선이나 폐품 뒤에 숨어. 서로 다른 길로 나뉘었다가 약속 지점에서 만나는 거야. 알겠지?"

아와디가 지시했다. 아이들이 침묵한 채 고개를 끄덕였다. 재이가 말했다.

"내가 우주선을 띄우면 금세 위치가 노출될 거야. 입구 쪽에 버려진 등록용 경비정이 한 대 있어. 그쪽으로 곧장 달릴게."

모두들 숨죽여 지상으로 나왔다. 안나와 재이는 우주선을 확보하기 위해 폐차장의 가장 안쪽으로 뛰었다. 사고로 산산조각 난 우주선 잔해들을 돌아 목표한 곳에 도착했다. 하지만 둘을 기다리는 것은 주황색 팔찌를 찬 요원 무리였다. 안나를 발견한 요원들이 사격을 시작했다. 총알이 낡은 철판을 뚫고 피부를 스쳤다. 안나는 재빨리 대응 사격을 한 뒤 몸을 굴렸다. 재이는 어디로 갔는지 보이지 않았다.

안나가 몸을 숨기자 총격이 잠시 멈추었다. 요원들도 놀라서 주변을 주시하고 있을 것이다. 외곽 지역의 미등록 지구인이 총으로 맞설 거라고는 생각하지 않았을 테니까.

안나는 초조하게 총을 다잡았다. 아이들이 무기도 없이 무리 지어 흩어져 있다. 그리고 탈출용 우주선도 확보하지 못했다.

'어쩌지?'

긴장된 침묵을 깬 것은 힘찬 엔진 소리였다.

폐차장 한가운데에서 거대한 우주선이 서서히 몸을 일으키고 있었다. 버려진 잔해를 뚫고, 오랜 시간 쌓인 먼지를 부옇게 내뿜으며 솟아오르는 우주선. 그 언젠가 지구인들의 희망이었고, 이후에는 절망의 상징이 되어 버린 페니키아호였다.

안나는 물론 등록 요원들마저 넋을 잃고 바라보는 사이, 페니키아가 쏜살같이 다가왔다. 안나는 아무것도 재지 않고, 숨어 있던 곳에서 뛰어나와 페니키아로 뛰어올랐다. 그래야만 할 것 같았다. 숨이 끝까지 차오른 채 돌아본 조종석에는 재이가 앉아 있었다.

페니키아는 곧장 약속 지점에 다다랐다. 뒤늦게 등록 요원들이 총을 쏘며 따라왔지만 아이들 앞은 페니키아가 지키고 선 채였다.

"페니키아가 작동을 해?"

경악한 아와디가 눈을 휘둥그레 뜨고 소리쳤다. 누군가 그런 말을 할 시간에 타기나 하라면서 팔을 붙잡는 소리가 들렸다.

'당연히 작동하겠지. 폭발한 적이 없는걸.'

안나는 위기의 순간에 그것을 기억해 낸 재이를 새삼스러운 눈으로 바라보았다.

페니키아는 순식간에 수송선에 닿았다. 페니키아가 격납고에 들어서자마자 해산은 지체 없이 해왕성을 향해 출발했다. 등록 요원들이 상황을 파악하기도 전이었다.

목성 지하에서만 지내던 아이들은 수송선 내부를 정신없이 돌아보았다. 재이는 아이들에게 숙소를 알려 주기 위해 앞장섰다. 아와디는 홀린 듯이 주위를 처다보면서 제자리에서 빙글빙글 돌았다. 안나가 2층을 가리키며 말했다.

"뭐 해? 빨리 따라가야 좋은 방을 잡지. 네가 대장 아니야?"

"대장은 무슨."

멋쩍게 말한 아와디가 재이와 아이들의 뒤를 따르려다 뭔가 떠올랐다는 듯 뒤를 돌아보았다.

"내 말이 맞지? 서로 도와주고 있다고 했잖아."

안나가 웃으며 고개를 끄덕였다. 아와디가 저 이야기를 한 게 목성 시간으로는 고작 어제였다.

'하루 만에 정말 많은 일들이 일어났구나.'

그런데 안나와 아와디의 대화를 지켜본 해산이 답지 않게 눈치를 보았다. 뭔가 하고 싶은 말이 있는 모양이었다.

"왜?"

"혹시 나중에는 이름을 불러도 돼? 계속 '저기요'라고 부르고 싶지는 않아."

안나는 민망해져서 목을 쓰다듬었다. 틀린 말은 아니었다. 이름을 숨길 필요도 없었다. 지구에서의 일이 미련처럼 남은 자신만 망설였을 뿐. 더구나 이름을 밝힌다면, 해산이 처음으로 부르는 게 옳다는 생각도 들었다. 안나는 결국 고개를 끄덕였다.

"나중에. 나중에는 안나라고 불러."

해산이 눈을 휘둥그레 뜨더니 환하게 웃었다.

"정말?"

"정말. 아직은 안 돼. 재이가 모르니까……."

"안나?"

두 사람은 벼락을 맞은 듯 놀라서 뒤로 돌았다. 조종실 입구에 재이가 서 있었다. 충격받은 표정이었다.

"언제 왔어?"

"네가 안나라고 말할 때부터."

안나는 가까스로 웃음을 지었다. 손이 떨리고 입안이 마르는 느낌이 들었다. 안나의 입술 사이로 변명이 새어 나왔다.

"너한테도 진작 말해 줄 걸 그랬나? 그냥 이름일 뿐인데."

"그냥 이름일 뿐이라고?"

당연하지. 안나는 그렇게 반박하려고 했다. 하지만 재이의 표정을 보자마자 말문이 막혔다.

"그냥 이름?"

재이가 비난하듯 되물었다.

"내가 방위군을 찾아가고 싶다고 말했을 때, 넌 내가 장난이라도 치는 줄 알았어?"

안나는 재이가 그 이름 뒤에 붙은 호칭을 이미 알고 있다는 걸 깨달았다. 재이는 우는 건지 화가 난 건지 모를 표정으로 휙 돌아섰다.

안나는 재이를 따라갈 수가 없었다. 해산도 마찬가지였다. 곧 우주선 한 대가 수송선을 빠져나갔다는 안내 화면이 떠올랐다.

"쟤한테는 그냥 이름일 뿐이잖아."

안나는 해산을 돌아보았다. 의아함과 분노가 치밀었다.

"이름만 들어서는 알 수가 없는데. 쟨 어떻게 알지? 네가 말했어?"

"아니야!"

안나는 해산을 향해 성큼성큼 걸어가며 재차 물었다.

"아니야?"

"아니야. 하지만 의심하고 있었을 거야."

"어떻게 의심을 하는데?"

해산이 마른침을 삼키면서 물러섰다.

"침공일. 대장이 잡혀간 그날, 재이도 잡혀갈 뻔했다고 했거든."

이번엔 안나의 얼굴이 창백해졌다. 해산이 안나를 끌어다가 조종석에 앉혔다.

"내 말 잘 들어. 대장이 재이한테 어떤 의미인지 알아야 해."

14. 침공일

 재이는 반도국에서 살았다. 연합국이 인류에 공헌한 페니키아 박사에게 감사하는 의미로 지어 준 학교에 다녔다. 연합국이 공들여 지은 그 학교는 몇 차례 침공을 겪은 뒤에도 남아 있었다. 사람들은 자연히 학교 근처에 터를 잡고 마을을 이루었다.
 학교에 처음 들어가면 기초 수업을 들었다. 다양한 언어, 셈하기, 지도 보는 법, 더불어 사는 방법. 기초를 다 배우고 나면 적성과 희망에 따라 반을 나누었다. 지도를 보며 주변을 파악하는 법, 폐허에서 물자를 찾는 법, 식물을 좋아하는 아이들은 채집과 재배를 배웠다. 재이는 기계와 전기를 공부했다. 발전기나 라디오, 무전기를 만들고 버려진 자동차와 추락한 우주선을 고치는 것이 좋았다.

학교에는 방위군에 들어가고 싶어 하는 아이도 있었다. 하지만 재이가 사는 곳을 지키는 동쪽 방위군은 학교에 다니는 아이들을 절대 받아 주지 않았다. 학교는 희망이기 때문이라고 했다. 어른들은 아이들을 학교에 다니게 하면서 미래에 대한 희망을 지켰다.

그런데 어느 날, 동쪽 방위군이 기술자를 찾아 학교로 왔다. 폭우 속에 방위군 대장의 편지를 들고 온 군인은 학교에서 가장 우수한 학생을 원했다. 그러면서도 미안한지 선생님의 눈을 제대로 보지 못했다. 재이는 전쟁의 한가운데에 있었지만 한 번도 자신의 일이라고는 생각한 적 없었다. 그래서 선뜻 방위군 대장을 만나러 가겠다고 나섰다.

이야기를 마치면 바로 돌아오라던 선생님의 당부를 기억하며, 재이가 막사에 막 들어섰을 때였다.

"들립니까? 동쪽 본부입니다."

입구를 등진 채 책상에 앉은 방위군복 차림의 사람이 무전기에 대고 말했다. 머리를 하나로 올려 묶은 그가 대장인 모양이었다. 재이는 심각한 목소리에서 무언가 잘못되었음을 알았다. 얼핏 보이는 책상 위에는 지도와 메모지들이 어지럽게 널려 있었다. 재이는 그 단서들과 이어진 무전에서 금세 상황을 파악했다.

며칠째 이어진 폭우 때문에 지하 터널이 막히자, 하는 수 없이 생필품을 구하려 산을 넘던 사람들이 돌아오는 길에 사냥꾼들에게 발각되었다는 것이다. 이제 사냥꾼들이 마을을 찾아내는 건 시간문제였다.

그러나 대피할 수도 없었다. 동쪽 마을에는 사람들이 너무 많았다. 아이들도 너무 많았다. 그래서 신규 부대로 빠르게 이름을 날리고 있는 서쪽 방위군에게 도움을 청하고 있었다.

재이는 그때 서쪽 방위군 대장의 목소리를 처음 들었다.

'어리다.'

가장 먼저 든 생각은 이것이었다. 서쪽은 동쪽에 비해 시설물이 적고, 훨씬 많은 침공을 겪었다. 어른들도 거의 남아 있지 않다고 했다. 그래서 서쪽 방위군은 청소년들이 주축을 이루고 있었다. 동쪽 방위군은 늘 그들을 염려했지만 도와주기는 어려웠다. 지킬 것이 너무 많았다.

"동쪽이 위험합니다. 시간이 얼마 남지 않았어요."

동쪽 대장은 침착하려고 노력했지만 눈동자가 흔들렸다. 서쪽 대장은 잠시 침묵하더니 나직이 말했다.

[팀원들을 데리고 출발할게요. 전투가 가능한 사람들만 남기고 나머지는 대피해 주세요. 원거리 사격용 무기가 있나요?]

"두 개뿐이에요."

[그럼 저희 걸 들고 갈게요. 10분만 버티세요.]

"고맙습니다."

서쪽 대장은 할 말만 마치고 곧장 무전을 종료했다.

"날을 잘못 골라서 미안하다."

대장은 재이를 막사에 앉힌 채, 여기저기로 다급한 통신을 보냈다. 재이는 얼떨떨한 기분으로 앉아 그 모습을 바라보았다.

대장은 조금 뒤 재이를 보호하며 막사를 나섰다. 그 순간 재이는 혼란에 압도되어서 제자리에 얼어붙었다. 쿼드 십여 대가 내는 굉음, 달아나는 사람들의 비명 소리, 방위군의 총격. 재이는 덜컥 겁을 먹었다.

그때 쿼드에서 온통 새카만 방위군복 차림의 아이가 훌쩍 뛰어내렸다. 옷처럼 새카만 머리카락을 높게 틀어 올려 묶고, 까만 모자를 눌러쓰고 있었다. 대장은 재이를 잠시 엄폐물 뒤에 있도록 하고, 그 애를 향해 달려갔다. 얼굴이 보이지 않았지만 재이는 그 애가 아까 그 목소리의 주인공, 서쪽 대장이라는 걸 알았다.

"안나!"

"대피는 마치셨나요?"

재이는 안나의 이름을 입속으로 굴려 보았다. 안나.

"전부 학교로 보냈습니다."

안나가 주먹을 움켜쥐었다. 곧 얼어서 깨져 버릴 정도로 싸늘한 태도였다.

"학교로 보냈다고요?"

"페니키아 학교는 건물이 튼튼하고 산속에 있으니까 더 안전합니다."

"요즘 사냥꾼들은 마을을 노리지 않아요. 규모가 큰 학교를 노려요."

안나가 긴장한 목소리로 말했다.

"성인들이 얼마 남지 않았다는 걸 아는 거 같아요. 학교가 가장 위험해요."

동쪽 대장의 표정이 굳었다.

"대피시키기는 늦었어요. 유인해야 해요."

안나가 손짓하자 쿼드에 앉은 또 다른 아이가 안나와 눈을 맞추었다.

"지난주에 우리가 탈취한 셔틀, 다 고쳤다고 했지?"

"맞아."

"이리로 보내라고 해. 우리가 사냥꾼들을 유인하는 동안, 셔틀로 학교에 있는 사람들을 대피시키게."

담담하게 지시한 안나가 쿼드에 타며 대장에게 말했다.

"여기를 지키세요."

"하지만……!"

"사람들을 이쪽으로 데려오려면 누군가는 여길 지켜야 해요. 미끼는 우리로 충분해요."

대장은 입술을 깨문 채 아무 말도 하지 않았다. 재이가 뒤늦게 정신을 차렸을 때, 쿼드 무리는 이미 날아오른 뒤였다.

그다음부터는 시간이 어떻게 지났는지 알 수 없었다. 쉴 새 없이 오는 무전이 서쪽 방위군의 쿼드들이 격추되었음을 알렸다. 나중에는 무전 신호가 울릴 때마다 벼락을 맞은 것만 같은 기분이었다. 동쪽 대장의 표정은 갈수록 침통해졌다. 그러는 사이 서쪽에서 온 구조 셔틀은 학교에 남아 있던 사람들과 아이들을 싣고 이륙했다. 그때를 손꼽아 기다린 대장이 서쪽 쿼드로 무전을 보냈다.

"안나, 구조는 끝났습니다. 복귀하세요. 들립니까?"

하지만 지지직거리는 소음만 들릴 뿐, 쿼드로부터는 아무 응답이 없었다. 레이더 화면 속에 이십여 대였던 쿼드는 이제 한 대밖에 남지 않은 상태였다. 서쪽 대장의 쿼드. 그런데 쿼드는 빠르게 학교로 달리고 있었다. 유인 작전을 알아차리고 학교로 방향을 돌린 사냥꾼들의 경비정을 막아 보기 위해 달리는 것이 틀림없었다. 하지만 막사 안의 누구도 나서지 않았다. 침통한 표정으로 레이더만 바라볼 뿐이다.

재이는 본부에서 뛰쳐나갔다. 쿼드는 모든 지형을 달릴 수 있지만, 몸집이 컸다. 빽빽한 나무로 둘러싸인 학교에 들어가려면 한참 돌아가야 했다. 재이는 쿼드보다 더 빨리 도착할 수 있을 거였다. 어쩌면 그 애가 학교로 돌진하는 걸 막을 수 있을지도 몰랐다.

하지만 재이가 학교에 도착했을 때, 운동장은 이미 사냥꾼들이 차지하고 있었다. 그 앞에는 쿼드 한 대가 형편없이 부서져 있었다. 재이는 나무에 몸을 숨겼다. 입을 틀어막고 숨을 죽였다.

"뭐가 필요해서 여기까지 왔지?"

안나의 목소리였다. 사냥꾼들이 헛웃음을 지었다.

"뭐가 필요할 거 같아?"

"인근에는 어린아이들뿐이야."

"글쎄. 이 학교 안에는 뭐가 많을 것 같은데?"

사냥꾼들은 학교가 텅 비었다는 사실을 몰랐다. 안나는

구조 셔틀이 도망칠 시간을 벌어 주고 있었다. 재이는 주먹을 꽉 쥐었다. 덜덜 떨리는 턱에서 눈물이 떨어져 주먹을 축축하게 적셨다.

"쏠 거냐?"

사냥꾼 한 명이 이죽거렸다. 재이는 그제야 안나가 사냥꾼들에게 총을 겨누고 있음을 알았다. 사냥꾼들 중 우두머리인 듯한 노인이 나섰다.

"다 끝났어. 네가 날 쏘면 내 동료들은 널 죽이고, 이 학교 안을 샅샅이 뒤져서 모조리 끌어갈 거야."

"내가 쏘지 않으면?"

사냥꾼들이 그 가느다란 목소리를 한껏 비웃었다. 웃음이 다 사그라들 때까지 안나는 총을 내리지 않았다. 그러자 사냥꾼들 사이에 묘한 침묵이 흘렀다. 노인이 말했다.

"우린 이미 목성 정부에서 허가를 받고 나왔다. 빈손으로 돌아갈 수 없어."

안나는 아무 대꾸도 하지 않고 총구를 꿋꿋이 치켜들었다.

"쏘지 않으면, 너 하나만 데리고 돌아가지. 학교를 뒤지는 건 그만두겠다."

다른 사냥꾼들이 항의하듯 웅성거렸다. 그러자 노인은 날카로운 말로 그들을 저지했다.

"시끄러워. 경비정이라고는 이거 한 대 남았는데 학교를 뒤져서 어쩌게? 실을 데도 없어. 지원군이라도 오면 어쩔 거야."

사냥꾼들이 입을 다물자 노인은 다시 안나를 바라보며 말했다.

"오늘은 정말 피곤한 날이야. 그리고 너무 많이 죽었다. 네 동료들도, 내 동료들도. 그러니까 여기서 끝내자. 지겹지 않니?"

조금 뒤 안나의 총이 툭 떨어졌다. 사냥꾼들은 고개를 절레절레 저으며 안나를 데려갔다. 안나는 사냥꾼들의 경비정에 타기 전에 마지막으로, 마치 확인하듯 학교를 바라보았다. 멀어서인지 눈물이 고여서인지 안나가 어떤 표정을 지었는지는 잘 보이지 않았다.

재이는 그들이 모두 사라질 때까지 그 자리에 붙박인 듯이 서 있었다.

침공일 이후, 재이는 종종 깊은 생각에 빠졌다. 발전기를 고치다가도 문득 재이의 목숨을 구해 준 또래의 아이를 떠올렸다. 서쪽 방위군에서 지원 요청이 왔을 때 망설임 없이 나선 것도 그 때문이었다. 전멸한 줄 알았던 서쪽 방위군이 남아 있다는 소식이 기뻤다. 어쩌면 안나가 방위군에 돌아와 있을지 모른다고 생각했다. 서쪽으로 가던 중 사냥꾼들에게 잡혔을 때도, 재영테크에서 일을 배우며 팔찌 제조 계획을 세울 때도, 분류소에서 만난 새로운 동료와 목숨을 걸고 도망 다니는 동안에도 재이는 가끔 안나를 생각했다.

먼 발치에서 본 그 모습은 점점 흐릿해졌지만 시간이 갈수록 재이에게 안나는 희망과 동의어가 되었다. 안나의 존재가 재이가 힘겨운 목성 생활을 버티게 도왔다. 끈질기게 지구로 돌아가 싸울 꿈을 꾸도록 했다. 재이가 앞으로 나아가게 했다.

재이는 안나를 다시 만날 수 있다면 희생하게 해서 미안하다고, 지켜 줘서 고맙다고 말하고 싶었다.

15. 거절

'어쩌다가 또 싸우게 됐지?'

안나는 조종간을 손끝으로 탁탁 두드렸다.

'분명 처음에는 다 포기하려고 했는데.'

해산과 재이 덕분에 지구에서의 마지막 날을 오랜만에 떠올렸다. 재이는 그 모습을 동경했다고 하지만, 안나는 그날의 자신이 얼마나 지쳐 있었는지를 알았다. 수많은 죽음이 가치 없게 느껴졌다. 살아 있는 것이 가장 좋은 선택이라고 생각했다.

생각해 보면 그날 이후로 안나는 모든 일이 어쩔 수 없었다고 믿고 싶었던 것 같다. 분류소에서도 마찬가지였다. 어쩔 수 없는 일이라고, 자신에게는 책임이 없다고. 그래서 모든 것을 놓았었다. 하지만 이제 안나는 과거의 그 선택이 잘못되었다는 것을 인정했다. 덕분에 다른 선택을 하며 앞으로 나아갈 수 있었다.

재이에게 정체를 숨겨서 미안하다고, 그리고 생각을 바꿀 기회를 주어서 고맙다고 말하고 싶었다.

[화상 통신 요청]

조종석 모니터에 푸른 글씨가 떠올랐다. 안나는 혹시나 하는 마음에 황급히 통신을 허가했다. 작은 화면은 종이가 찢기는 듯한 전자음과 함께 커졌다.

[대답을 들을 때가 되었다고 생각했습니다.]

임서인. 안나는 재빨리 레이더를 살폈다.

'지금 어디까지 왔지?'

해왕성까지는 한 시간도 채 남지 않았다. 이 사실을 숨겨야 했다. 그리고 자신들이 흩어졌다는 사실도 숨겨야 했다. 안나가 임서인의 비밀을 알고 있다는 것 역시 들켜서 좋을 게 없다. 지나치게 중요한 순간이었다. 안나는 얼굴에 섬세하게 힘을 주어서 은근한 표정을 만들어 냈다.

"아쉽지만 지금 바로 대답하긴 어렵습니다. 저희도 아직 대화 중이어서요."

[음, 다른 분들 대답은 사실 들을 것도 없습니다. 재이 님은 재영테크의 감시망을 피하지 못해요. 아니, 피하지 않을걸요. 보호받은 경험이 있는 지구인은 오래 도망자로 살지 못해요.]

안나의 어깨가 움찔했다. 안나와 동료들 사이를 흔들어놓으려는 게 뻔한데 마치 아픈 데를 찔린 듯 긴장할 수밖에 없었다.

[그리고 해산 님은, 어차피 명령에 익숙하지 않나요? 안나 님은 명령하는 데에 익숙하죠. 이번에도 모두를 위해 함께 죽자고 할 건가요?]

임서인이 실망했다는 듯이 어깨를 들었다가 내렸다.

"결국 나만 수락하면 된다는 거군요. 나는 어떻게 설득할 건데요? 나는 당신을 안 믿어요."

분노가 치밀었다. 더는 얕보이고 싶지 않았다. 안나가 단호하게 말하자 목성 지도자는 제법이라는 표정을 지었다.

[제가 그 두 분을 어떻게 할 것 같나요?]

"죽이기라도 하려고요?"

[유쾌한 일은 아니지만 필요하다면 기꺼이 죽일 겁니다.]

임서인이 심호흡을 했다. 감정을 다스리려는 듯했다. 죽여야만 한다고 스스로에게 말을 거는 것 같았다. 안나는 등골이 오싹했다. 임서인은 제대로 뒤틀려 있는 사람이었다. 그런 데다 실행력까지 뛰어나서, 그것 하나만으로 수많은 사람들을 죽이는 데 성공해 왔다.

[마지막 기회입니다. 저도 안나 씨를 죽이고 싶지 않아요. 우리 쪽에 합류하겠다고 말하세요.]

안나는 임서인의 갈색 눈동자를 가만히 들여다보았다. 목성 주민 입장에서 임서인은 최고의 지도자일지도 모른다. 목성의 평화에 방해가 되는 것은 모두 없애는 지도자. 하지만 그런 방법으로는 언젠가 목성인조차 저 사람에게는 해치워야 할 방해물이 될 뿐이다. 목성인들이 고향인 지구에 저지른 일처럼.

"아뇨."

안나가 대답했다. 임서인의 눈썹이 내려앉았다.

"거절하겠습니다."

숨이 탁 트였다. 머리가 맑아지는 기분이었다. 임서인은 눈물을 참기라도 하는 듯 머뭇거리다가 한숨을 쉬었다.

[이 수송선은 목성 정부의 재산입니다. 알고 계시겠지만요.]

"네, 그런데 이젠 지구에 빼앗기셨군요."

[엄밀하게 말하면 당신들이 점령한 건 조종실뿐입니다.

목성 정부 소속의 모든 함선에는 자폭 기능이 설치되어 있습니다. 알고 있습니까?]

아까부터 임서인이 만지작거리던 버튼에 시선이 꽂혔다. 원통형 물체의 뚜껑에 붉은색 버튼이 튀어나와 있었다.

[죄송합니다.]

안나는 생각을 멈췄다. 수송선 전체에 들리는 스피커 버튼을 내리쳤다. 동시에 임서인의 손가락이 움직였다.

"수송선이 폭발한다! 도망쳐!"

안나의 목소리와 함께 위층에서 아이들이 지르는 비명 소리가 웅웅 울렸다. 바닥이 미세하게 흔들렸다. 먼 곳부터 한 부분씩 폭발하고 있었다.

두 번째 폭발은 조종간을 뒤흔들었다. 당장 떠나야 했다. 안나는 비참한 표정으로 빨간 버튼을 내려다보던 임서인과 눈이 마주쳤다. 충동적으로 입을 열었다. 저 얼굴이 일그러지는 걸 봐야겠다는 생각에 이성이 말라 버렸다.

"다 알고 있어요. 당신이 아는 걸 나도 알아요."

임서인이 자리에서 벌떡 일어났다. 처음으로 공포가 섞인 표정이었다.

[뭐라고요? 뭘 아는데요?]

안나는 대답하는 대신 총을 꺼내 들었다.

15. 거절

"우리 세 사람만 죽이면 된다고? 그럴 리가. 사실 이미 많이 말하고 다녔거든. 당신이 지키려던 그 얕은 비밀을, 수십 명도 더 알아. 날 죽이더라도 더는 비밀을 지킬 수 없을 거야."

세 번째 폭발이 발밑을 흔들었다. 안나는 중심을 잃기 직전에 조종간을 쥐어서 몸을 바로 세웠다.

"그리고 지구인은 약하지 않아. 아직도 몰라요?"

안나는 짜릿한 승리감에 입꼬리를 쫙 끌어 올렸다. 가끔 임서인이 보낸 사냥꾼들의 경비정을 박살낼 때도 딱 이런 기분이었다.

네 번째 폭발이 조종실 문 앞에서 일어났다. 안나는 모니터를 통해 격납고를 흘끗 보았다. 아와디를 따라 달려 나온 아이들이 페니키아에 올라타고 있었다.

페니키아의 출입문을 닫기 직전, 아와디가 카메라를 향해 손을 휘저었다. 빨리 오라는 손짓이었다. 안나는 스피커 버튼을 다시 눌렀다. 임서인에게 말하는 척 목소리를 높였다.

"내 목숨을 걱정해 줄 때가 아니에요. 지금 당장 도망치는 건 어때요? 이미 늦었을지도 모르는데. 우리도 계획이라는 게 있거든요."

아와디가 안나의 목소리를 듣고 눈을 크게 떴다. 아와디는 안나의 메시지를 알아들었다. 아와디가 잽싸게 출입구를 닫고, 페니키아가 수송선을 빠져나갔다.

안나는 주머니에서 캡슐 우주복을 꺼내 손에 쥐었다. 조종실 모니터에는 이제 엔진 폭발을 알리는 10초 카운트다운이 시작되었다.

"괜히 수송선을 터트리게 되어서 어쩌죠. 우린 갈아타면 그만인데, 당신만 손해가 늘었어요. 내가 신경 쓸 일은 아니지만."

[어떻게…….]

임서인의 표정이 일그러지는 순간 안나는 모니터를 향해 방아쇠를 당겼다. 캡슐 우주복을 뒤집어쓰며 조종실의 대형 창문을 쏘아 부수었다. 다섯 번째 폭발이 조종실에 닿았다. 안나는 폭발의 위력에 힘입어 우주로 힘껏 몸을 날렸다. 어지럽게 도는 시야로 폭발해 사라지는 수송선이 보였다.

15. 거절

16. 해왕성

 세찬 바람에 페니키아 외부가 쩍쩍 얼어붙었다. 선체가 거칠게 흔들려서 조종이 쉽지 않았지만 안나는 태연한 척했다. 하지만 긴장한 어깨에는 힘이 잔뜩 들어갔다. 해산이 걱정스러운 표정을 했다.
 "괜찮아?"
 안나는 잇새에 입술을 숨기며 고개를 끄덕였다. 캡슐 우주복에 의지해 우주를 유영하다 페니키아에 구조된 뒤로, 안나는 줄곧 조종석에 앉아 있었다. 재이가 없는 지금 이 폭풍 속에서 페니키아를 조종할 수 있는 사람은 안나뿐이다. 재이가 없다는 사실도 안나를 불안하게 했다.

"역시 재이부터 찾았어야 했어."

"아냐, 재이도 계획을 알잖아."

해산이 비어 있는 부조종석에 앉으며 말을 이었다.

"중간에 수송선이 폭발했는데도 가니메데 기숙학교 아이들이랑 목성 외곽의 지구인들 모두 이쪽으로 오고 있어. 임서인이 뒤늦게 이상함을 알아채고 목성에서 출발한다고 해도 너무 늦어."

"이길 수 있을 거라고 생각해?"

"몰라. 하지만 임서인이 눈을 가리고 싸울 수밖에 없다는 건 중요해."

안나가 다가오는 운석을 피해 조종간을 꺾었다. 페니키아는 조심스레 몸체를 기울이면서 희미하게 진동했다.

"임서인도 아무것도 할 수 없는 심정을 알았으면 좋겠어."

안나는 담담하게 말하는 해산을 살펴보았다. 피곤해서 눈 아래가 까맣고 단발머리는 엉망이 되었는데 눈빛이 놀라울 만큼 곧았다.

"저기."

하얗게 얼어붙은 땅 위에 갈색 얼룩 같은 노역장이 나타났다. 드넓은 노역장에 지구인 포로들이 바글바글했다. 그 뒤로 커다란 감시탑이 노란 불빛을 번쩍였다. 접근하기가

16. 해왕성

쉽지는 않을 듯했다. 해산이 다른 아이들을 데리러 간 사이 안나는 노역장을 살폈다. 땅을 고르고 벽돌을 옮기고 흙더미를 담은 수레를 끄는 사람들. 혹한에 눈썹까지 하얘져 하얀 동상 같은 모습이었다.

갑자기 모습을 드러낸 거대하고 낡은 우주선에 감시탑이 소란스러워졌다. 경비원들이 황급히 뛰어다니기 시작했다. 훈련받은 군인들은 아니지만, 수가 너무 많았다. 더구나 페니키아는 전투용 함선이 아니었다.

"대장, 총이 부족해."

다시 돌아온 해산이 머리를 쓸며 말했다. 수송선이 폭발할 때, 해산이 옮길 수 있었던 무기는 총 십여 정과 턱없이 부족한 탄환뿐이었다.

"다른 사람들도 온댔지? 기다리면 안 돼?"

아와디가 초조한 듯이 주먹을 쥐었다 폈다 했다.

"기다릴 수는 없어. 저기 보여?"

경비원들이 감시탑 한쪽에 장거리 미사일을 설치하고 있었다. 우왕좌왕하느라 속도는 느리지만 설치를 완료하면 이들에게 승산은 없었다.

"미사일을 설치하기 전에 막아야 해. 일단 시간을 끌어 보자."

페니키아는 미사일에서 멀지 않은 이착륙장 상공에 정차했다. 안나는 선체 하단의 출구로 가, 벽에 달린 스피커로 조종실에 요청했다.

"열어."

문이 아래 방향으로 반쯤 열리자 경비병들이 총을 쏘기 시작했다. 명중률이 형편없었다. 안나는 단번에 그들이 사람을 향해 총을 쏘아 본 적이 없는 이들이라는 걸 알았다. 공포에 질린 경비병들의 탄창이 빌 때쯤, 안나는 문틈으로 방아쇠를 당겼다. 경비병 중 하나가 쓰러졌다. 그러자 겁에 질린 이들이 또 일제히 사격을 시작했다. 하지만 이런 식으로 얼마나 버틸 수 있을까. 경비병들도 곧 안나의 시간 끌기 작전을 눈치챌 터였다. 안나는 뒤편에서 어설프게 총을 들고 서 있는 아이들을 바라보았다. 초조함에 마음이 급했다.

그때 요란한 엔진 소리들이 허공에서 엉키기 시작했다. 노란 우주선들이 페니키아를 둘러싸고 있었다.

페니키아는 의미 없는 총격전을 멈추고 날아올랐다. 그 뒤를 노란 학교 우주선들이 따랐다. 안나는 손목을 돌려 풀면서 소장을 돌아보았다.

"소장님, 포로들이 도망쳐 오면 전부 태워 주세요."

소장은 입술을 깨물고 고개를 끄덕였다. 소장이 페니키아에 남아 주어서 다행이었다. 해산은 여전히 소장을 못마땅해했지만 안나는 수송선 폭발 이후 소장의 눈에서 죄책감을 읽었다. 어쩌면 자기가 목성인이라고 생각했던 사람들도 소장처럼 변하지 않을까?

다시 페니키아의 문이 열렸다. 안나는 해산과 함께 감시탑으로 뛰기 시작했다. 두 사람이 경비병들의 눈길을 끄는 사이, 다른 아이들은 포로들을 탈출시켰다. 감시탑 앞 중앙 건물에서 갑자기 수많은 경비병들이 뛰어나왔다. 모두 무장한 채였다. 위험을 감지한 안나가 멈칫하자, 해산이 귀를 누르며 외쳤다.

"엄호해 줘!"

마치 그 말을 들은 것처럼 노란 가니메데 우주선에서 누군가 총을 쏘기 시작했다. 안나는 해산과 함께 뛰면서 물었다.

"방금 어떻게 한 거야?"

해산이 회심의 미소를 지으며 말했다.

"대장이 잡혀간 뒤로, 방어만 해서는 살아남을 수 없다는 아이들이 많아졌어. 경비정이 오는 곳을 먼저 공격해야 한다고 말이야. 그리고 잡혀간 사람들이 더 많다면, 방위군도 지구에만 머물러서는 이길 수 없다고. 대장도 그랬잖아. 구해야 할 사람이 있으면 어디든 갔지."

안나가 마지막 울타리를 힘껏 걷어찼다. 지킬 사람들이 지구에 있다면 지구로 온다. 언젠가도 들었던 이야기다.

"그래서 서쪽 방위군은 목성으로 왔어. 일단 잡히고, 분류소를 거쳐서 원하는 곳에 잠입하고, 거기서 지구인들을 모아서 도망치기로 했어. 언젠가 힘을 합쳐서 세상을 바꿀 수 있는 기회가 올 때까지, 기다렸던 거야."

정면에 있는 울타리에서 또 한 무리의 지구인들이 달려나왔다. 그들은 안나와 해산에게 달려드는 경비병들을 막아서고 있었다. 그 모습을 보며 해산이 귓불을 두드렸다. 무언가 초록색으로 반짝이더니 아와디의 목소리가 들렸다.

[다친 사람부터 타라고 해!]

큰 소리에 놀랐는지 얼굴을 찡그렸던 해산이 환하게 웃으며 안나에게 무언가를 던졌다.

"다들 이걸 '호프'라고 불러. 원거리 통신 장치야. 내 작품이지."

통신기에는 이름까지 새겨져 있었다. 안나, 방위군 대장. 안나는 할 말을 찾지 못하고, 통신기를 손에 쥔 채 쉼 없이 달렸다.

중앙 건물은 이미 잠금 장치가 열려 있었다. 밖에서 싸움이 시작되자 누군가 정신없이 안으로 도망친 듯했다.

"해산아, 너는 여기를 지켜. 누구도 더 못 들어오게."

안나는 대답을 듣지 않고 감시탑 안으로 달렸다. 경보 발령실을 발견하고는 잽싸게 들어가 문을 닫았다. 그리고 경보기 앞에 꿇어앉았다. 언젠가 재이가 일러 준 것을 기억하며 신호 발생기에 전선을 연결하기 시작했다. 일은 순조로 웠지만 예감이 좋지 않았다. 너무 조용했다.

그때 딱딱한 구둣발소리가 다가왔다. 안나는 재빨리 벽에 몸을 숨기고 총을 꺼냈다.

호프가 반짝인 것도 그때였다.

[대장, 거의 다 태웠어. 이륙해야 할 것 같아.]

"잘했어."

[빨리 나와. 경비병들이 몰려오고 있어.]

해산은 차분히 말했지만 목소리에서 조급함을 숨기지 못했다. 하지만 경보기에 연결해야 할 선은 한참 남아 있었다. 결정을 내려야 했다.

"이륙해."

[뭐라고?]

"일단 이륙해. 그래야 경비병들이 경계를 늦출 거야. 그리고 감시탑 뒤쪽으로 와. 5분 안에 끝내고 나갈 수 있어."

해산이 불만스러운 신음을 흘렸다.

"너희가 거기 있으면 이목만 끌 뿐이야. 혼자인 편이 몸을 피해 나가기도 쉬워."

[알았어. 조심해.]

호프가 꺼졌다. 땅이 우르릉 진동했다. 구출을 마친 페니키아가 이륙하는 소리였다. 안나는 손이 떨려서 잘못 꽂은 선을 잡아 뽑았다. 자꾸 곱아드는 손바닥을 바지에 문질렀다. 등허리에는 식은땀이 흘렀다.

"괜찮아. 천천히 해."

사실 전혀 괜찮지 않았다. 해산에게 먼저 이륙하라고 얘기할 때부터 알고 있었다. 기적이 일어나지 않는 한, 들키는 건 탈출보다 빠를 것이다.

"내 생각에는 말이지."

안나는 문득 혼잣말이 바보 같다는 생각을 했다. 하지만 높은 확률로 곧 총에 맞을 거고, 총에 맞으면 더는 말을 하지 못할 것이다. 한 번쯤은 입 밖으로 내 보고 싶었다. 마침내 생각을 바꿔 먹은 기념이었다.

"이길 수 있을 것 같아."

속삭임의 마지막에 요란한 소리가 겹쳤다. 실내에 번개라도 내리친 듯한 굉음이었다.

'새로운 적인가? 아니면 아군?'

안나는 숨을 죽이고 총을 문에 겨눈 채 신경을 곤두세웠다. 노크 소리가 긴장을 깼다.
"괜찮아? 빨리 나와!"
안나는 총알 구멍 사이로 언뜻 보이는 반듯한 눈매를 알아보았다. 재이였다.

17. 호프

"빨리 나와! 안 끝났어?"

재이가 다시 외쳤다. 너무 반가워서일까. 뭔가 이상했다.

'재이는 갑자기 어디에서 나타났지? 아까 그 소리는 뭐지? 재이는 총을 못 쓰지 않았나?'

불안과 함께 한 가지 중요한 정보가 안나의 뇌리를 스쳤다. 뉴스킨은 사용자의 외형을 바꿀 수 있다.

"너 안재이 맞아?"

"그게 무슨 말이야?"

"개조한 뉴스킨으로 나를 속이려는 거 아니냐고."

재이가 문 앞에 털썩 앉았다.

"뭐라도 물어볼래?"

안나는 당황했다. 재이의 당당한 태도에 자꾸만 마음이 약해졌다. 하지만 마음을 다잡고 머리를 빠르게 굴렸다. 임서인이 엿듣지도 엿보지도 못했을 두 사람만의 정보가 필요했다.

"분류 문서는 어디에 보관해?"

"카운터 뒤에 있는 문서실에."

"너 처음 들어올 때, 나한테 뭐라고 물어봤어?"

"분류소에서는 사람 안 뽑으시냐고."

"나는 처음 들어왔을 때 뭐라고 했어?"

"나랑 똑같이 말했다던데?"

점점 입꼬리가 올라가려 했다. 하지만 안나는 아무렇지 않은 척 마지막 질문을 던졌다.

"지구인은 얼마지?"

안나는 재이를 알았다. 재이는 지구인에게 가격을 붙이는 일 자체에 반대했다. 입에 올리기도 싫어했다. 그러니까 저 사람이 진짜 재이라면, 표정부터 변할 것이다.

문 밖의 재이가 망설임 없이 입을 열었다.

"205마크."

멈칫한 것도 잠시, 안나는 지체 없이 방아쇠를 당겼다. 건

너편에서 윽, 하는 소리가 났다. 동시에 밖에서도 총소리가 울리더니 문에 동그란 구멍이 하나 늘어났다. 안나는 연기가 오르는 문에서 급히 멀어졌다. 그리고 얼어붙었다. 신호 발생기의 한가운데가 뚫려 있었다. 애초에 안나를 쏘려고 한 것이 아니라 저걸 노렸을 것이다.

이제 모든 희망이 끝나 버린 걸까? 숨이 가빠 오기 시작했다. 안나는 정신을 잃지 않으려고 애쓰다, 꽉 쥔 주먹 안에 있는 작은 물건을 알아차렸다.

"케이블."

안나가 중얼거렸다. 안나는 해산이 준 호프를 살펴보았다. 아무리 작아도 통신 장치다. 음성 신호를 보낼 수 있다는 뜻이다. 재이와 해산은 함께 연구했다. 안나는 홀린 듯 호프와 경보기를 연결하면서도 생각했다. 과연 안나의 말을 사람들이 들어 줄까? 머릿속에서 재이의 목소리가 대신 대답했다.

'어쩌면 사과할지도 모르잖아. 똑같은 사람인데 몰랐다고, 죄책감을 느낄지도 모르잖아.'

안나는 눈물을 꾹 참았다. 재이도 이런 기분으로 한 말일까? 화가 나는데 기대감으로 머리가 가득해서 속이 끓었다. 재이가 그 말을 했을 때, 안나는 뭐라고 대답했더라? 안나는 재이가 헛된 희망을 품는다고 여겨서 대답조차 하지 않았다. 그러지 말걸 그랬다. 희망을 품는다는 건 용감하다는 의미였다.

  안나는 기계 장치에 대해서는 아무것도 몰랐다. 하지만 직감만은 자신 있었다. 그리고 지금 안나의 직감은 이 생각이 맞다고 말하고 있었다. 경보기에 연결된 호프에서 드디어 치익, 하는 전자음이 희미하게 울렸다. 안나는 목소리를 가다듬고 이야기를 시작했다.

18. 폭로

 페니키아는 폭발하지 않았다. 지구인과 목성인의 팔찌는 결국 같은 중력 조절 장치를 가지고 있다. 해왕성 노역장은 교도소나 다름없다. 지구인과 목성인은 같은 존재다. 임서인이 모두를 속였다.

 자꾸 말이 막히고 횡설수설했지만 중요한 내용은 다 말했다. 안나는 마지막으로, 팔찌를 열어 뉴스킨의 작동을 완전히 멈출 수 있는 방법을 이야기했다. 안나가 모든 팔찌를 초기화하는 건 불가능해졌지만 확인하고 싶은 사람은, 확인할 수 있도록.

 '임서인에게도 들렸겠지.'

안나가 살아남아서 결국 비밀을 폭로했다는 사실을 알고 그가 어떤 표정을 지었을지 궁금했다. 감시탑에도 스피커가 달려 있었다. 하지만 경비병들이 귀담아들었을지는 알 수 없었다. 이제 그 많은 경비를 혼자 뚫고 나가야만 했다.

'아니, 그럴 필요 없지.'

어떻게든 빠져나가기만 하면, 페니키아가 기다리고 있을 것이다. 약속한 5분은 한참 지났지만 왠지 그런 생각이 들었다. 폐차장에서 재이를 기다리던 때와는 다른 감정이었다. 고요한 실내에 다급한 발소리가 울렸다.

"대장!"

해산의 목소리에 안나는 방에서 나왔다. 그리고 문 앞 바닥에 쓰러진 한 사람에게 총을 겨누었다. 엎드린 그를 천천히 돌렸다. 해산이 재이의 얼굴을 알아보고 혼란스러운 표정을 했다. 안나는 경계를 늦추지 않은 채, 피 흘리며 신음하는 가짜 재이의 손바닥을 억지로 펴게 해서 뉴스킨을 빼앗았다.

천천히, 재이의 얼굴이 흐려지기 시작했다. 그리고 드러난 것은 안나가 상상조차 못 했던 사람의 얼굴이었다. 안나는 놀라서 총을 놓아 버렸다. 해산이 달려들어 그를 바닥에 단단히 찍어 눌렀다.

"어떻게 이럴 수가……."

그는 지구인 분류소의 소장이었다. 안나는 충격에 빠졌지만 어쩐지 알 것만 같았다. 소장은 원래 이런 사람이었다. 팔려 온 지구인들의 얼굴을 기억할 만큼 친절하지만, 그들이 어떤 선택을 하든 방관했다. 안나에게 친절하게 대하다가도 필요를 느끼면 안나를 팔아넘길 수 있었다. 안나의 마음속에 분노가 치솟았다.

"수송선에 탄 것도 위장이었어요?"

소장이 얼굴을 일그러뜨리며 말했다.

"나도 너희가 도망가자마자 잡혔어. 꼼짝없이 해왕성으로 끌려가고 있었다고. 대체 너 때문에 내가 왜? 그때 임서인이 네 정체를 알려 줬지. 방위군을 뿌리 뽑는 데 협조하면 노역을 안 하게 해 주겠다고 했어."

"그래서 나를 팔아넘겼어요?"

"네가 수송선에 잡혀 올 줄은 몰랐어. 그런데 꿈같은 소리나 지껄였잖아. 목성인들을 일깨운다고? 말도 안 되는 소리라는 건 너도 잘 알잖아."

안나는 더 이상 그의 말을 듣고 싶지 않았다.

"이것만 알아 둬요. 당신을 풀어 주는 건 임서인이 아니라, 말도 안 되는 소리를 한 우리들이에요."

18. 폭로

안나가 해산과 함께 돌아서려는데, 고통에 신음하며 소장이 말했다.

"재이가 타고 간 우주선 고유 번호를 임서인이 알아. 내가 말해 줬어. 이미 추적해서 잡았을 거야."

안나는 배신감에 소장에게 달려들었다.

"대체 왜!"

소장이 발버둥을 쳤다. 해산이 체중을 실어서 소장의 몸을 누르자 그가 비명처럼 외쳤다.

"네가 이럴 테니까! 재이를 미끼로 쓰는 거라고!"

찬물을 끼얹은 듯 머리가 차가워졌다. 안나는 그제야 자신이 총으로 소장을 겨누고 있음을 알았다. 그리고 그대로 자리에서 일어났다. 해산이 그 팔을 붙잡았다.

"대장, 못 들었어? 미끼라잖아, 함정이라고."

안나는 그런 해산을 물끄러미 바라보며 말했다.

"알아. 그렇다고 안 갈 거야?"

더 말할 필요도 없었다. 두 사람은 신음하는 소장을 버려두고 힘껏 뛰었다. 중앙 건물을 나서자마자, 새파란 해왕성 상공에서 내려앉는 우주선이 보였다. 재영테크의 최신형 우주선이 내려앉고 있었다.

해왕성에, 목성 대기업의 우주선. 안나는 이 상황을 이해하기 위해 주먹을 꽉 쥐고 최대한 빠르게 머리를 굴렸다.

입구가 열리고 재영테크의 옷을 입은 사람들이 내려섰다. 놀랍게도 뒤이어 나타난 사람들은 가니메데 대피소에 남은 줄 알았던 복지원 아이들, 그리고 노아였다. 해산은 지체 없이 달려가 노아와 인사를 나누었다. 그리고 재영테크의 옷을 입은 누군가와 한참 이야기를 나누더니 함께 안나에게로 다가왔다.

연신 입가를 손바닥으로 쓸어내린 그는 목성인, 아니 목성인인 줄 알고 살아왔던 지구인이라고 자신을 소개했다. 그는 평소에도 재영테크 안에서만큼은 모두가 평등해야 한다고 주장했고, 사장을 설득해 재이를 구출하기 위해 폐차장으로 해산을 보냈다.

"지금이라도 기회가 있다면 사과하고 싶어요. 보상이라기에는 부족하지만, 뭐라도 하고 싶어서 왔어요. 가만히 있을 수가 없었어요."

목성인 중에도 누군가는 죄책감을 가지고 있다. 이 사과를 가장 먼저 들어야 할 사람은 재이였다.

"가장 빠른 우주선을 저한테 주세요. 재이를 찾으러 가야 해요."

"좋아요. 그럼 우리는 어떻게 할까요?"

18. 폭로

"지구인들이 무사히 도망치게 해 주세요. 만약 싸울 일이 생기면 페니키아는 전면에 못 나서게 하세요."

직원이 고개를 끄덕였다. 그사이 해산은 재이가 타고 간 우주선의 고유 번호를 알아내러 페니키아로 달려갔다. 안나는 목성인과 둘만 남았다.

"우리가 똑같다고 해서 새삼 지구인을 돕는 건 아닙니다."

"네. 지구인도 목성인도 이런 고통을 겪으면 안 되죠."

안나의 대답에 직원이 고개를 숙였다. 잠시 침묵이 흐른 뒤 안나가 불쑥 말했다.

"재이가 목성인을 무조건 미워한 건 아니었어요."

"알고 있습니다."

"그냥 가짜 팔찌를 만들려고 한 거예요. 우리가 똑같지 게 하려고."

"재이가 직접 말해 줬으면 더 좋았을 겁니다. 뭐든지 지원했을 텐데요. 하지만 당연히 재이도 우리를 못 믿었겠지요."

그는 더없이 후회하는 표정이었다. 안나는 자기도 모르게 말했다.

"누군가는 도와줄 거라고 믿었을 거예요."

그가 희미한 희망을 담은 눈빛으로 안나를 마주보았다. 안나는 목이 메어서 얼른 말을 맺었다.

"꼭 구해서 돌아올게요."

그사이 페니키아는 이륙 준비를 마쳤다. 이제 안나와 재이가 없더라도, 재영테크 직원들이 조종간을 맡은 페니키아는 안전하게 목성의 공격권을 벗어날 것이다.

안나는 재영테크의 로고가 반짝이는 우주선에 시동을 걸었다. 청새치의 주둥이처럼 날카로운 앞부분을 가진, 물방울 모양을 한 우주선.

"대장!"

해산은 또 온몸을 걸어 다니는 무기고로 만들어 놓은 채였다. 안나는 웃으며 해산을 반겼다. 해산이 모니터에 재이의 우주선 고유 번호를 입력했다. 항법 시스템이 최단 거리를 표시한 지도를 띄웠다.

안나가 엑셀에 발을 올렸다. 몸이 뒤로 홱 젖혀졌다. 새카만 우주 공간으로 빨려 든다는 착각이 들 만큼 빠른 우주선이었다. 뒤쪽으로는 금색과 은색으로 반짝이는 우주선들이 페니키아를 뒤따랐다. 노란 학교 우주선들도 함께였다.

"다친 데는 없어?"

안나가 물었다. 해산이 고개를 저었다.

"괜찮아. 대장은?"

"당연히 괜찮지. 재이가 머리 좋은 소시오패스한테 잡혔어. 목성인들이 과연 뉴스킨을 꺼 봤을지도 알 수가 없고. 일이 잘못 풀리면 지구인들은 전부 죽을 때까지 쫓기게 될 거야. 안 괜찮을 이유가 뭐가 있겠어?"

해산이 고개를 절레절레 저으면서 웃음을 터트렸다.

"넌 웃음이 나와?"

안나가 기가 차서 말했다.

"안 웃을 이유가 뭐가 있어? 온 목성의 지구인들이 다 탈출했어. 목성인이 자기가 뭘 잘못했는지 안대. 대장이 복귀해서 재이를 구해 준대. 대장 같으면 안 웃겠어? 희망을 좀 가져."

해산이 귀를 톡톡 두드리며 보란 듯이 웃었다. 안나도 결국 미소를 지었다. 그때였다.

"대장!"

해산이 소리쳤다. 안나는 조종간을 틀어서 간신히 무언가를 피했다. 목성 경비정 무리였다. 안나가 반격하기도 전에 멀어져 가던 재영테크의 우주선이 불꽃을 뿜었다. 호프에서 먼저 가라는 아우성이 쏟아졌다. 안나는 엑셀을 꽉 밟았다. 전투가 벌어진 공간을 뚫고 쏜살같이 도망쳤다.

'거의 다 왔어.'

안나는 조종간을 움켜쥐었다. 그러나 경비정들은 끈질기

게 따라붙었다. 안나가 급히 방향을 바꾸면서 생긴 틈을 커다란 무언가가 가로막았다. 놀라서 안나의 눈이 휘둥그레졌다.

"저게 뭐야?"

가니메데와 목성을 오가는 통근용 셔틀 수십 대가 경비정 앞에 버티고 서서, 안나가 탄 우주선을 완전히 가려 주고 있었다.

"탈출했나 봐!"

해산이 외쳤다. 안나는 아와디의 말을 떠올렸다.

'우리는 아직 서로를 돕고 있을 거야.'

아와디의 말이 맞았다. 안나는 지구인들을 도왔고, 지구인들은 안나를 도왔다. 이제는 안나가 재이를 도와야 했다.

21. 페니키아

정면에 파란색 해왕성 우주선 하나가 보였다. 안나는 확신했다. 분명히 저 안에 재이가 있다. 안나는 파란 우주선의 엔진을 향해서 방아쇠를 당겼다. 전속력으로 달리던 우주선이 그 자리에 멈추었다.

안나와 해산은 우주복을 뒤집어쓰고 파란 우주선으로 들어섰다. 조종석에는 목성의 지도자가 앉아 있었다. 분명 지도자를 상징하는 제복을 입고 있었다. 하지만 그는 더 이상 임서인이 아니었다. 임서인의 뉴스킨을 허물처럼 벗은 그의 얼굴이 낯익었다. 오래된 사진에서 보았던 과학자, 페니키아 박사였다. 안나는 놀랄 겨를도 없이 외쳤다.

"쏘지 마요!"

박사가 바닥에 쓰러진 재이에게 총을 겨누고 있었다. 우주선 내부 압력 경고음이 맹렬하게 울렸다. 달아나려다 잡힌 것인지 재이는 우주복을 입고 있었다. 해산과 안나도 마찬가지였다. 압력 유지 기능이 고장 난 이곳에서 유일하게 위험한 사람은 페니키아 박사였다. 박사가 방아쇠를 당기지 못하게 하며 시간을 끌면 승산이 있다.

해산이 버럭 소리쳤다.

"왜 모두를 속였죠? 지구를 떠났으면 그냥 거기서 살면 되지, 왜 목성인 행세를 하면서 지구인을 괴롭혔냐고요. 목성 사람들한테는 왜 자기들이 지구인이라고 알리지 않은 거예요!"

"죄책감이 없는 편이 낫지 않겠습니까. 진실을 아는 건 나 하나로 충분하다고 생각했습니다. 그래서 태어나자마자 목성인으로 살게 했어요."

"죄책감을 느끼기는 해요?"

"당연하지요."

박사의 표정에 분노가 깃들었다. 안나는 자기도 모르게 움찔했다.

"말하지 않았습니까? 옳지 않은 일이라는 건 저도 압니다.

사람을 함부로 차별해서는 안 되죠. 안나 씨가 저를 위협한다고 해서 무조건 죽여 버리는 것도 안 될 일입니다. 왜 모를 거라고 생각하세요?"

너무나 당연하다는 목소리에 안나의 등을 타고 올라온 열기가 뒷목을 붙잡더니 머리로 치솟았다.

"잘못이라는 걸 알기만 하면 그만이에요? 결국 잘못을 저질렀잖아요. 게다가 당신은 차별하는 게 당연하다고 믿게 했어요. 너무 오래 계속되어서 지구인조차 차별을 받아들이고 있었다고요!"

안나는 숨이 차서 멈추었다가 바로 마저 쏘아붙였다.

"잘못이 병처럼 퍼지고 있어요. 알아요?"

"종족이 달라서 일어난 일이라고 생각하나 봅니다."

박사의 눈빛이 차갑게 가라앉았다.

"어차피 지구에서도 별 시답잖은 이유로 사람들을 차별했어요. 안나 씨는 반도국 출신이니까 더 잘 아시겠지요. 페니키아는 내가 만들었어요. 그런데 힘없는 반도국에서 목성행 페니키아를 몇 명이나 탈 수 있었죠?"

박사는 점점 더 목소리를 높였다.

"페니키아를 설계한 사람이 나인데도, 나는 그 페니키아에 가난한 내 가족들을 태울 수 없었습니다. 돈 많고 권력 많은 사람들이 막았습니다. 먼저 가야 할 사람들은 따로 있다고 하더군요. 왜인 것 같습니까?"

박사의 분노는 안나의 분노와 다르게 차갑고 날카로웠다. 얼음장 같은 목소리가 계속해서 쏟아져 나왔다.

"예, 인간은 동등하죠. 평등은 기본입니다. 하지만 인간이 정말 평등하게 살아 본 적이 있었습니까? 죄다 남을 짓밟고 위로 올라설 생각뿐이죠."

박사가 숨을 깊게 들이쉬고 말을 이었다.

"그러니 누구를 목성인이라고 부르고, 누구를 지구인이라고 부르면 좀 어떻습니까? 종족은 상관없어요. 같은 지구인인 걸 알아도 그 안에서 또 계급을 나눠서 싸울 겁니다. 차라리 서로 다른 종족이라고 여기고, 절대 넘어설 수 없다는 걸 태어나면서부터 학습하는 게 덜 고통받는 방법이에요."

안나는 오싹함을 느꼈다.

"난 이기적이지 않아요. 인류를 위해 합리적으로 행동한 겁니다."

박사의 눈에 깃든 것은 책임감이었다. 박사는 해산과 안나를 번갈아 쳐다보며 눈을 번쩍였다. 마치 당장이라도 두 사람을 설득할 수 있다고 믿는 듯한 태도였다. 해산이 총을 달칵이며 박사를 겨누었다.

"안타깝지만 나한테는 변명으로만 들리는데요. 당신도 합리적으로 팔려 가 보든가요."

안나도 해산을 따라 총을 들었다. 박사는 두 사람이 설득되지 않았다는 사실에 충격이라도 받은 얼굴이었다. 그가 재이에게 겨눈 총을 다잡았다.

"뉴스킨."

"뭐요?"

"개조한 뉴스킨을 갖고 있죠? 나한테 넘겨요."

박사가 총을 쥐지 않은 손을 안나에게 내밀었다.

"도망치려고요? 떳떳하다면서요?"

"질서가 무너진 사회는 위험하니까요. 두 분이 나를 돕는 건 어때요? 이 사회를 되돌려 놓을 수 있는 건 나뿐이니까. 진심으로 하는 제안이에요."

"총을 내려놔요. 그럼 생각해 보죠."

안나는 최대한 단단한 목소리로 말했다.

"싫습니다."

박사는 멍청하지 않았다. 자기가 완벽한 논리와 원칙을 가졌다고 생각하는 미치광이였다. 자기가 틀리지 않았다고 계속해서 스스로를 세뇌하고 있다. 마치 예전의 안나 자신처럼. 안나는 총이나 협박은 통하지 않으리라는 걸 깨달았다.

"그럼 총구를 나에게 돌려요."

안나는 총을 천천히 내려놓았다.

"뭐 하는 거야?"

해산이 당황해서 안나를 황급히 돌아보았다. 안나는 박사에게서 눈을 떼지 않았다. 그는 자신의 목숨이 아니라 목숨보다 아끼는 논리가 위협받는 순간 방아쇠를 당길 것이다. 스스로를 거창한 말로 포장했지만, 결국 치졸하고 비인간적인 범죄자였다. 안나는 그걸 깨닫게 해 줄 생각이었다.

"재이를 이쪽으로 보내요. 해산이와 재이는 내보내고, 나랑 이야기하죠."

"내가 왜 그래야 합니까?"

"내가 누구인지 알죠? 여기서 당신한테 공감할 사람은 나밖에 없어요."

안나는 박사를 향해 고집스러운 시선을 보냈다. 그는 한참 침묵을 지키더니, 재이를 총구로 거칠게 찔렀다. 재이가 신음하며 정신을 차리자 억지로 일으켜 자신의 방패처럼 세웠다. 재이는 겁먹은 눈으로 절뚝이면서 박사가 떠미는 대로 안나에게 다가왔다. 이윽고 박사의 총구가 안나를 가리키자, 안나는 재빨리 재이에게 말했다.

"해산이한테 가."

"하지만."

"강해산, 재이 데리고 나가."

"응."

해산이 곧장 대답했다. 그리고 망설이는 재이를 묵묵히 잡아끌었다. 해산은 재이의 턱에도 미치지 못할 만큼 작았지만 재이보다 크고 힘센 사냥꾼들을 무릎 꿇리는 것을 업으로 삼았었다. 재이는 제대로 반항도 해 보지 못하고 우주선에 태워졌다.

안나는 재이가 총알이 닿을 수 없는 곳으로 가자마자 마음이 편해지는 것을 느꼈다. 안나가 차분하게 입을 열었다.

"난 지금 당장 당신을 쏠 수 있어요. 우리가 동시에 방아쇠를 당겨도 나만 살아남을 확률이 훨씬 높아요."

"내가 죽는 걸 무서워할 것 같습니까?"

"아뇨. 하지만 세상을 구할 또 다른 방법을 직접 보지 못한 걸 아쉬워하게 되겠죠."

박사가 눈썹을 꿈틀거렸다.

"당신은 인간이 서로를 지배해야만 살아갈 수 있다고 했어요. 어차피 돈과 권력을 못 가질 사람들이라면 괜한 희망을 갖지 못하게 해야 한다는 거죠? 그래서 목성인과 지구인을 나누고, 목성에서도 계급별로 거주지를 나눈 거잖아요.

당신의 눈에는 성공한 걸로 보였겠죠."

"성공이었죠."

박사가 보란 듯이 고개를 치켜들었다. 하지만 안나는 그 오만함을 부술 자신이 있었다.

"아뇨. 당신 방법은 실패했어요."

"어떻게요?"

"주변을 보세요."

안나는 부서진 파란 우주선을 고갯짓했다.

"당신이 만든 세상은 부서졌어요. 나 같은 사람들을 통제하지 못했기 때문이죠. 어떻게든 희망을 발견하는 사람들이요."

"헛된 꿈을 꾸는 지구인들은 전부 해왕성에 있습니다. 죽어라 하고 노역을 하면서."

"거기에만 있는 게 아니에요."

안나가 고집스레 말했다. 박사가 피식 비웃었다.

"지구에 남아 있는 한 줌의 애들을 말하는 거라면……."

"한 줌의 애들?"

안나는 박사를 향해 마주 웃었다.

"그 애들은 방위군이에요. 당신이 퍼부은 침공에서 살아남았고, 이제 당신에게 저항하기 위해서 지구를 떠나 여기까지 왔어요. 그 애들만이 아니에요. 당신이 말 잘 듣는 지구인으로 가르치려던 가니메데 기숙학교 학생들도 함께죠. 그들은 목성에 숨어 살던 지구인들을 탈출시키고, 통근 셔틀을 빼돌려서 가니메데의 모든 지구인을 구조했어요. 그리고 방금 해왕성을 해방시켰죠."

박사의 얼굴에서 힘이 빠졌다. 놀라서 표정을 잃은 사람의 모습이었다.

"목성은 무너졌어요."

안나는 고개를 옆으로 까닥이며 덧붙였다.

"물론, 당신은 나만 쫓아다니느라고 몰랐겠죠. 우리는 어리니까 부추기는 한 명, 앞장서는 한 명만 사라지면 된다고 생각했죠? 당신은 내가 아니라 수많은 아이들을 두려워했어야 해요. 모두를 위한다는 거창한 명분을 가졌으면서, 코앞도 보지 못하다니 안타깝네요."

"그럴 리가 없어. 이제 지구에는 애들밖에 없어. 가니메데는 학생들이 일으킨 사고일 뿐이고. 이게 어떻게 네가 이겼다는 증거지?"

박사가 악에 받쳐 소리쳤다. 안나는 눈을 피하지 않고 힘주어 말했다.

"우리는 희망을 잃지 않을 테니까요. 당신 같은 사람이 수십 번 세상을 망가뜨려도, 우리는 언젠가 오늘처럼 승리할 거예요."

박사가 휘청거리며 주저앉았다. 총은 여전히 들고 있었지만, 쏠 의지가 전혀 보이지 않았다. 안나는 자꾸 힘이 들어가려는 방아쇠를 겨우 놓았다.

'난 쏘지 않을 거야.'

안나는 주먹을 꾹 쥐었다. 임서인과 안나는 달라야 했다. 임서인을 어떻게 할지는 안나 혼자가 아닌 임서인에게 피해를 입은 모든 사람이 함께 결정할 몫이었다.

안나가 해산과 재이에게 돌아가는 동안에도 박사는 움직이지 않았다. 낡은 해왕성 우주선 안은 어느새 위험할 만큼 압력이 높아졌다. 조종석으로 돌아온 안나가 엔진을 가동하자 재이가 희미하게 신음했다.

"재이는 괜찮아?"

해산이 재빨리 재이를 살폈다.

"괜찮아. 부러진 데 없이 멀쩡해."

"안 부러지면 멀쩡한 거야?"

기준이 너무하잖아. 재이가 억울하다는 듯이 중얼거렸다. 안나는 피식 웃었다.

안나는 기어를 후진에 두고 엑셀을 밟았다. 마지막으로

바라본 박사는 지구의 구원자가 아니라 목성의 지도자라고 밖에 볼 수 없는 표정을 하고 있었다. 그렇다면 임서인이 어디로 도망가든 이제 상관없었다. 어딜 가든지 분노한 사람들에게 짓밟힐 운명이었다.

안나 일행이 탄 우주선이 출발하는 순간, 뒤에서 거대한 불길이 일어났다. 안나는 조종간을 힘껏 붙잡았지만 몸이 속수무책으로 당겨졌다. 해산이 재빨리 팔을 뻗어서 안나를 붙잡았다. 핑핑 도는 시야에도 해산이의 반대쪽 팔을 잡고 버티는 재이가 보였다.

'괜찮아?'

해산이 입 모양으로 물었다. 재이가 눈빛으로 같은 질문을 했다.

'괜찮아.'

안나는 속삭임으로 대답했다. 멀리서 페니키아가 다가오고 있었다.

해산과 재이, 안나는 부서진 우주선을 타고 페니키아의 격납고로 들어섰다. 마지막 계단을 내려선 순간 아와디가 달려들어 어깨를 끌어안았다. 안나는 고맙다고 말하려고 했는데, 멋없게도 다급하게 외치고 말았다.

"안재이 떨어진다!"

재이를 붙잡은 팔에 힘이 풀려서 덜덜 떨렸다. 아와디가 재이를 받아 들었다. 안나는 격납고를 빠르게 둘러보며 아는 얼굴들을 확인했다.

"이제 어디로 가야 하지?"

안나가 문득 중얼거렸다. 곳곳에서 대답이 돌아왔다.

"가니메데에 남은 목성인들을 몰아낼까요? 목성과 가까워서 위험하긴 하지만 우리가 살던 곳이니까요."

"마음만 먹으면 목성도 빼앗을 수 있을 거예요. 우리는 수가 많고 함대를 갖고 있죠."

"페니키아호에서 계속 살 수도 있어요. 해왕성이나 가니메데에서 생명 유지에 필요한 시설을 떼어다 설치하면 됩니다."

"대장은 어떻게 하고 싶어?"

해산의 말에 실내가 텅 빈 것처럼 고요해졌다. 모두가 안나를 바라보고 있었다. 안나가 가고 싶은 곳은 한 곳밖에 없었다. 가능할지는 몰랐다. 하지만 안나는 이제 시도하기도 전에 포기하고 싶지 않았다.

"이상 기후는 사라졌어요."

안나가 말했다.

"사냥꾼이 사라질 테니까 숨어야 할 이유도 없어진 셈이네요. 그러니까⋯⋯."

안나의 눈동자가 재이를 찾아서 방황했다. 재이는 언제나처럼 곧은 눈길로 안나를 바라보고 있었다. 안나는 약속을 지키듯이 말을 이었다.

"방위군을 찾아서 지구로 돌아가요."

함성 소리가 터져 나왔다. 재이가 눈을 크게 떴다가 씨익 웃었다. 해산이 안나의 품에 달려들었다. 안나는 작은 조력자를 힘껏 안아 주었다.

"항로를 설정하러 갑시다!"

복지원 원장이 움켜쥔 주먹을 번쩍 들며 외쳤다. 격납고에 있는 사람들의 절반도 들어가지 못할 조종실로 인파가 와르르 몰렸다.

조용해진 격납고에서 안나는 마침내 다가오는 재이를 마주 보았다. 할 말이 하나도 정리되지 않았지만 안나도 재이를 향해 걸어갔다.

"미안해."

네 결정을 대신하려고 들어서 미안해. 거짓말해서 미안해. 널 도와줄 수 있으면서 숨어서 미안해. 희망을 가지는 걸 멍청하다고 생각해서 미안해. 정작 입 밖으로 나오는 데 성공한 것은 짧은 사과뿐이었다.

재이는 고개를 끄덕이며 웃었다.

"나도 고마워."

항로 설정을 마쳤는지 조종실에서 환호가 쩌렁쩌렁 울렸다. 재이가 고개를 휙 돌렸다. 해산의 표정도 살벌했다.

"절대 안 되지. 누구 마음대로 이제 와서 숟가락을 얹어? 이런 의미 있는 비행은 당연히 우리 몫이어야 하는 거 아니야? 우리가 고생을 얼마나 많이 했는데……."

해산이 반들거리는 눈빛으로 중얼거렸다. 재이가 비슷한 표정으로 조종실을 겨누어 보았다.

"갈까?"

해산이 고개를 불량하게 까닥했다. 두 사람은 조종실을 향해 달리기 시작했다.

안나는 둘의 뒷모습을 보면서 숨을 크게 들이쉬었다. 폐는 스스로 움직이지 않는다는, 당연한 사실이 떠올랐다. 숨을 쉬는 건 자연스러운 움직임 같지만 사실 숨을 마시고 내뱉는 모든 과정에는 노력이 필요했다.

안나가 재이를 구하지 않았더라면, 그래서 재이가 안나에게 찾아오지 않았더라면, 안나는 아직도 숨을 참고 있었겠지. 괴로워서 눈물을 흘리면서도 뭐가 잘못되었는지조차 알지 못했을 것이다. 안나가 길게 내쉰 숨은 곳곳으로 퍼져 나가서 지구인을 해방시켰다. 안나는 까만 우주 공간을 차분하게 바라보았다. 알록달록한 함대가 해왕성을 뒤로하고 목성의 상공마저도 지나쳤다. 마침내 귀향이었다.

20. 에필로그

"대장."

해산이 문을 똑똑 두드렸다. 안나가 지친 눈을 들었다.

"왜?"

"손님 오셨어. 입학 상담이야."

"재이는?"

"수업 끝나면 외출이래. 지구 방위군에서 공군 항공기 개조한다고 기술 자문 요청해서."

안나는 앓는 소리를 내며 머리를 감싸 쥐었다.

"안재이……."

업무 시간에는 밖으로 나돌지 말라고 분명히 말했는데.

덕분에 안나는 기존의 대장 노릇에 새 업무까지 떠맡게 되었다. 안나는 가니메데 기숙학교 졸업생들과 복지원 원장, 그리고 동료들의 도움을 받아 지구에 기숙학교를 세웠다.

"전해 줘서 고마워. 같이 들어와 줄래?"

"알겠어."

해산이 고개를 끄덕였다. 안나는 머지않아 해산에게 대장과 교장 중 하나를 떠넘길 계획이었다. 해산은 펄쩍 뛰겠지만, 선택하라고 밀어붙이면 교장 쪽을 맡아 줄 게 분명했다.

"실례합니다."

보호자와 예비 학생 한 명이 들어섰다. 큰 기숙학교가 생겼다는 소식이 퍼지자 반도로 오는 사람들이 늘고 있었다.

"안녕하세요."

안나는 두 사람을 향해 인사를 건넸다.

막 문을 닫으려는데, 마침 쉬는 시간을 알리는 종이 울렸다. 교실 문이 부서져라 열리고 아이들이 와르르 쏟아져 나왔다. 안나는 복도 끝에서 달리는 아이를 말리는 재이와 눈이 마주쳤다. 재이가 환하게 웃으면서 손을 흔들었다. 재이는 학교에서 기술을 가르쳤다.

"저희가 뭘 가르치는지 설명해 드릴게요."

해산은 학년별 교육 과정을 들고 와서 정성스럽게 설명했다. 지구에서 상급 학교를 다녀 본 어른들, 가니메데에서 학교를 다닌 아이들, 방위군. 모두가 모여서 함께 만든 교육 과정이었다. 지구인 기숙학교는 초등학교부터 고등학교까지의 과목들에 더해서 사격과 비행을 가르쳤다.

아쉽게도 아직 방위군을 해체하기는 일렀다. 하루아침에 일자리를 잃은 전직 사냥꾼들이 목성 정부의 결정에 반발했기 때문이다. 지구인을 해방시킨 방위군을 자기들의 재산을 빼앗은 강도라고 부르는 기업가들도 있었다. 자기가 지구인이라는 사실을 인정하지 못해서 지구인만 보면 분노를 참을 수 없다는 사람도 있었다. 안나가 모두를 속였다고 주장하는 음모론자, 혼란을 틈타서 권력을 잡으려는 정치인들도 손을 보탰다. 그 세력들이 서로 힘을 합치고부터는 지구까지도 공격이 닿곤 했다. 목성 정부도 그들의 움직임을 감시하지만, 지구 방위군도 대비를 해 두어야 했다.

"사격은 안나 대장이 가르치니까, 안전은 걱정하지 않으셔도 됩니다."

안나는 안 해도 될 말을 덧붙인 해산을 몰래 노려보았다. 해산이 저 대사를 읊고 나면 학생의 열의에 못 당해서라도 보호자가 등록을 결정하기 마련이었다.

이번 보호자는 조금 달랐다. 낡은 가방을 꼭 움켜쥐더니 조심스레 물었다.

"혹시 학비가 필요한가요? 도망치느라고 화폐를 별로 챙기지 못했어요."

안나는 목성과의 첫 정상 회담을 떠올렸다.

목성의 새로운 지도자가 안나와 마주앉았다. 처음 몇 번의 회의 동안 그는 임서인의 잘못에 대해서만 사죄하는 척했다. 보상하는 의미로 지구에서의 생활을 돕겠다며, 뭐든지 요구하라고 말했다.

그가 선심 쓰듯 건넨 제안을 안나는 거절했다. 지구인이 받을 것은 도움이 아니라 대가였다. 목성과 해왕성에 도시를 건설한 노동의 대가, 목성 정부가 사고 판 미성년 지구인들의 피해 보상금. 지구인이 목성에 가져다준 이익은 지구인의 것이었다.

천문학적인 금액을 들이밀고서야 목성 정부는 잘못을 인정하고 최대한 배상하기로 했다. 뒤늦게 모든 사실을 알고 정부를 비난한 목성 주민들의 여론도 큰 힘이 되었다. 안나는 그 순간 재이가 지었던 뿌듯한 표정을 잊지 못했다.

목성에 요구할 것들을 의논하기 위해서 각 지역의 대표 아이들이 모였다. 도시 재건에 쓸 자원이 필요했다. 방위군도 물자가 필요했다. 당장 필요한 물건을 목성에서 사 오려면 화폐도 필요했다. 긴 논의 끝에 가니메데 기숙학교 회장을 중심으로 1차 요구안이 정리되었다. 거기에는 새로운 기숙학교를 설립하고, 운영하는 데 필요한 자금도 들어 있었다.

"목성에서 받는 보상금이 대부분이라서 괜찮아요. 다른 보호자들도 학교에 딸린 마을에서 일을 거들면서 학비를 감면받기도 해요."

"정말요? 그러면 보통 얼마를 내게 되나요?"

보호자가 간절한 눈빛으로 안나를 바라보았다. 해산은 벌써 고개를 돌려서 미소를 숨기고 있었다. 학생 한 명에게 들어가는 교육비와 식비에서 보상금을 제외했더니 기가 막힌 금액이 나왔다. 의도한 건 아니었지만, 우연보다는 필연에 가까운 숫자였다.

'왜 하필이면 왜 그런 금액이 나와?'

안나는 금액을 듣자마자 구겨지던 재이의 얼굴을 떠올렸다. 차라리 돈을 더 받자며 불만스럽게 중얼거리던 목소리가 생생했다. 안나는 가까스로 웃음을 참으며 대답했다.

"지구인은 205마크입니다."

해산이 참다못해 웃음을 터뜨렸다. 안나도 더는 참을 재간이 없었다. 따뜻한 숨이 차오르고 가슴이 부풀었다. 안나는 마음을 놓고 활짝 웃었다.

작가의 말

    가끔 책 속 인물들에게서 도움을 받습니다. 처음 보는 사람에게 용기 내어 인사하도록 등을 밀어 주는 인물도 있고, 인사말을 더듬는 바람에 이불을 걷어차는 동안 등을 토닥여 주는 인물도 있습니다.

    안나는 제가 옳은 일을 하도록 도와줍니다. 편하고 비겁한 길을 고르려고 하면 안나가 뚜벅뚜벅 걸어옵니다. 제 멱살을 붙잡고서 '나한테는 우주 대혁명을 시켜 놓고 너는 이게 뭐 하는 짓이냐'며 눈을 번쩍이면, 하극상에 놀랄 틈도 없이 반성하곤 합니다. 안나처럼 남을 돕고, 평등을 외치고, 사회에 책임을 다하고 싶어집니다.

모든 사람의 마음속에는 안나가 있다고 생각합니다. 어렵더라도 옳은 일을 하자고 속삭이는 목소리가요. 그것이 순진함이나 미숙함이 아니라 정의를 바라는 양심이라는 걸 기억한다면, 우주 대혁명도 가능할 거라는 믿음이 있습니다.

『지구인은 205마크입니다』는 제게 각별한 작품입니다. 하룻밤의 악몽에서 아이디어를 얻고, 하루걸러 밤을 새우며 열흘 만에 초고를 썼습니다. 당연히 수준은 끔찍했지만 처음으로 끝을 낸 글이었어요. 자유롭게 쓰는 즐거움을 맛본 덕분에 오랫동안 펜을 놓지 않을 수 있었습니다.

물론, 자유의 대가는 혹독히 치렀습니다. 수년간의 대형 수정 작업으로 말이지요. 업보 청산을 도와주신 고마운 분들이 없었다면 이 책은 저의 소중한 흑역사로 소리 없이 사라졌을 것입니다.

엉망진창이던 원고를 근사한 책으로 다듬어 주신 사계절 출판사와 장슬기 편집자님, 날것의 글에서 가치를 발견해 주신 교보문고의 권정은 피디님께 감사합니다. 사랑하는 가족들과 항상 응원해 주는 친구들에게도 고맙습니다.

그리고 여기까지 함께해 주신 독자님께 감사합니다. 지금쯤 독자님의 머릿속에도 안나가 자리를 잡았을 거예요. 안나에게 귀를 기울이고 우리가 할 수 있는 일을 하다 보면, 세상은 반드시 옳은 방향으로 변해 가리라고 믿습니다.

  여러분의 정의로운 결정들을 응원하겠습니다.

2025년 봄

조은오

지구인은 205마크입니다

2025년 4월 23일 1판 1쇄

지은이	조은오
편집	장슬기 윤설희 최경후 이여름
디자인	조정은
제작	박홍기
마케팅	김수진 백다희 이태린
홍보	조민희
인쇄	천일문화사
제책	J&D바인텍

펴낸이	강맑실
펴낸곳	(주)사계절출판사
등록	제406-2003-034호
주소	(우)10881 경기도 파주시 회동길 252
전화	031)955-8588, 8558
전송	마케팅부 031)955-8595 편집부 031)955-8596
홈페이지	www.sakyejul.net
전자우편	literature@sakyejul.com
트위터	twitter.com/sakyejul
인스타그램	instagram.com/sakyejul

ⓒ 조은오 2025

값은 뒤표지에 적혀 있습니다. 잘못 만든 책은 구입하신 서점에서 바꾸어 드립니다.
사계절출판사는 성장의 의미를 생각합니다.
사계절출판사는 독자 여러분의 의견에 늘 귀 기울이고 있습니다.
이 책은 저작권법에 따라 보호받는 저작물이므로 무단전제와 복제를 금합니다.

ISBN 979-11-6981-371-6 44810

ISBN 978-89-5828-473-4 (세트)